神聞

SHINMON

桜の木の下で

誕生編

小田切日方　著

セルバ出版

はじめに

手に取っていただき、有難う御座います。

本書の構想は、三十年以上前（古すぎてよく覚えていない）からになります。

私が青年期から今日まで読んだ神話や物語を、五十歳を超えた今、一まとめにしてお届けしたかったからです。所謂《いわゆる》、出世の本懐（この世で果たすべき使命）というものでしょう。やらないと死ねないというものなのでしょう。最低、この物語が完結するまでは頑張ります。

神聞（しんもん）って、聞きなれないことばでしょう？　神聞（かみきき）や神聴（しんちょう）はありますが、しんもんはないので、私の造語です。意味は「神に聞いた」「神から聞いた」ということです。神話と聞いて何を思うだろう。神様が沢山出てくる物語だろ（その通りです）。怪物も出てくるだろ（その通りです）。英雄も出てくるだろ（その通りです）。入り組んでいて難しいんじゃない（これは人によりますが、半分その通りかな？）。神話の入口へは、人各々の感覚でいいんじゃないかと思います。

私が思っていることは、「世界の神話にはそれを著した人たちやその当時の人たちの思想や哲学が、色濃く残っているのではないか」「思想や哲学が、社会の形成と人々の精神構造に大きな影響を与えたのではないか」「そうであれば、世界の神話を読み過去の人々の思想や哲学を知ることで、現代の我々に通ずることが必ずある（同じ人間だもの）」「もしかしたら、古いと思われている神話のエッセンスが、現代の我々が気づかない程、新しいものを持っているかもしれない」という想いと、単純に「色々神話読んだけど宇宙はどうやって誕生したの？　じゃあ、地球は？」と、解り難い（それぞれ別々に書かれているし、例としてローラシア神話の様に宇宙誕生から書かれている物もあれば、ゴンドワナ神話のように創造神話がない物もある）部分もある。

だから、「宇宙の誕生から地球の誕生までを時系列的に示した神話が自分として欲しい」との想いに、多分誰もやったことのない世界の全神話のノンフィクション（途中神話間の話しが通じない所や神話自体が欠けている物を可笑しくない程度の物語で補完）に取り組んだのだ。これは後世の人々へ体型的神話を伝える機会でもある。

アニメや漫画で神話の一部を広げて書いてある物も多いが、これから神話をモチーノにアニメや漫画を描かれる方のためにも、有益だと思われる。

また、「世界にはこんな神話があったのか」と、「世界の国や人に興味を持ち、想いを馳せていただきたい」のだ。それが「相手を知る第一歩であり、その文化や伝統を尊重することが世界の平和や安穏に繋がる第一歩となる」と、信じているからだ。人は色々な方法をとって表現する。歌のようにメロディーと歌詞を持って、楽器のように旋律と抑揚を持って、劇のように光や音・台詞を持ってなど様々である。私にとっては、虚飾のない文章を持って、神話の世界を表現したかったのだ。

あれこれ書いたが、端的に言えば「楽しんでもらいたい」のである。どんな楽しみ方をしてもよいので、貴方らしく「楽しんでもらいたい」のだ。

そして、誰にでも読んで欲しいのだが、特に「未来ある青年世代に読んで欲しい。そして、今後の自身の生き方に少しでも役立った」のなら、大変に嬉しい。

小田切　日方

二〇二四年八月

神聞《SHINMON》～桜の木の下で～　目次

序章　老人と子供たち

夜の帳《とばり》がおり、暗闇が辺りを埋め尽くしている。

ランタンの灯《あか》りが一つ、揺《ゆ》らめきながら複数の影を引き伸ばしていた。

街の明かりが山間《やまあい》に浮かび、ふと空を見上げると、枝葉の先に無数の星が瞬《またた》いている。

白・青・赤・黄・緑と交じり合い、まるで宝石を散《ち》りばめたようだ。

桜の古木が、淡いピンク色の花を咲かせている。揺れるランタンの灯りに照らされたその花は、時折《ときおり》血塗《ちぬ》られているようにも見えた。そしてその幹は折れ曲がり瘤《こぶ》ができ、長年風雪に耐えてきたことを容易に連想させる。

その傍《かたわ》らの緑草に囲まれた石段を登り吹き曝《さら》しの簡素な小屋に着くと、ランタンを置いた老人はゆっくりと木製の長椅子《ながいす》に腰を落とす。傍《かたわ》らに杖を置き、深いため息にも似た息を吐く。

子供たちも老人を囲むように長椅子に腰かけると、ランタンの灯りに照らされた子供たちの顔が浮かび上がる。幼子は周囲をキョロキョロと見渡し、足をバタつかせていた。

一人の子供が、老人に問《と》いかける。「おじいちゃん、ここはどこ？　ここで何をするの？」

淡い光と静寂《せいじゃく》に包まれる中、フードを下げ目元に微笑《ほほえみ》を浮かべた老人は、白く長い髭《ひげ》をさすりながら語り始めた。

「私の命もあとわずか…。だからこそ、今、君たちに伝えなければならないことがある。さあ始めよう、この世界の物語（真実）を」と。

老人の雰囲気《ふんいき》に呑まれるように、子供たちも目を輝かせ聞き耳を立てた。

第一章　宇宙の創造

そこに、混沌《こんとん》（カオス）があった。

何もない空間に、ただそれだけがあった。いつから居るのか何故《なぜ》居るのか解らないが、それはあった。全体が解らない程大きく、黒に白に交《ま》じり合っている。様々な眩《まばゆ》い光を放つその姿は、まるで何かがのたうち回っている（大蛇アポピス・大蛇インガルナ）ようにも見え、雄大な神のようにも見えた。

混沌の中心に、中性的な顔立ちで黒の長髪、玉《ぎょく》と勾玉《まがたま》の首飾りに薄衣《うすぎぬ》を羽織《はお》った者が現れ、威風も堂々と鎮座《ちんざ》している。その膨大《ぼうだい》なエネルギーを、腕を水平に伸ばし掌《てのひら》から吸収した彼の髪は靡《なび》き又逆立《さかだ》ち、又、その大いなるエネルギーは、彼を包み込むように輝いている。

その者の名を、天之御中主《あめのみなかぬし》という。

その刹那《せつな》、強烈な光が遠方より近づきその姿を眺めている。あまりの強烈な光に、何者か姿は見えない。その名をヤハウェといった。

天之御中主は自分の側《そば》に、男性的に見え髪を束《たば》ね盛《も》っている高御産巣日《たかみむすび》と、女性的に見え長い髪を綺《き》麗《れい》に飾り垂らしている神産巣日《かみむすび》を招くと、彼らは合図も無しに混沌を二分し押し広げ始める。

ヤハウェも高御産巣日と神産巣日に呼応するかのように力を貸すと、強烈な熱と共に、ベロボーグ（善意）が白く輝く光となり、チェルノボーグ（悪意）が漆黒の光となって飛び出す。

更に高御産巣日は混沌の軽い物を上へ上へと押し上げ、逆に、神御産巣日は重い物を下へ下へと沈《しず》め始めた。

すると、その亀裂《きれつ》の穴から一陣の風（ボレアス）が吹いたかと思うと、大蛇オピオンが顔を出す。燃

えるような赤い目と巨大な体、大きな口には牙が生えている。時折舌をチロチロ出し、周りを警戒《けいかい》するように首を動かしている。体を覆《おお》う硬い鱗《うろこ》は、まるで鉄板のように滑《なめ》らかだ。穴が大きく開くと、その傍《かたわ》らに立つ者が見えた。

原初の女神エウリュノメだ。彼女は白い衣を纏《まと》い大蛇のセピア色の皮膚に手を置き、落ち着かせるように宥《なだ》めている。そして、事の成り行きを静かに見守っていた。

やがて混沌を上下へと分け終わると、頭上には煌《きら》めく物質が集まり光輝き、足下《そっか》にはドロドロとした液体、更にその下には硬質の物質が集まり始めている。その分けた空間に、目を閉じ腕を下げて鎮座する天之御中主《あめのみなかぬし》の両側に高御産巣日《たかみむすび》と神御産巣日《かみむすび》が控《ひか》えると、ヤハウェを残し三柱は消えた。

状況を感じ取った彼女は、冷静さと決意を込めた目で紫の長髪を靡《なび》かせながら歩みを進めると、上空を見据えカッと目を開き白い鳩に姿を変える。空間を大きく舞いオピオンの上に静かに舞い降りた鳩は、卵を一つ産み落としオピオンに預けた。

ヤハウェは、近くに別の存在を感じている。彼から少し離れた所に、顎鬚《あごひげ》を蓄え白い衣を纏《まと》い空間を見つめる者がいた。アンマである。彼は二つのポー（ケシの粒のような物）を創り出すと、キゼ・ウジと名付け卵へ密《ひそ》かに潜《もぐ》り込ませた。

その様子を見たヤハウェは何も言わずそっと彼らを見守り、薄暗い空間に向い「光あれ」と叫び、光の誕生を促す。波のように歪《ひず》み又歪《ゆが》む空間は広がり続け、ここに初めて原初の空と海が誕生した。（後に人は、これをビック・バンと呼んだのであろう）。

原初の空と海

誕生した原初の空は無限に広がり、全てを包み込んでいる。

その空は沢山の生命や意志を含み、沢山の星や物（者）をも生み出してゆく。

この空に白い衣を纏い、初めて姿を現した者がいる。ズルヴァン（時・時間）だ。

生まれてから長い間彼は、この世界の創造について思索に暮れていた。自分の創造の力に自信を持てずにいる彼は、自分の代わりに創世する息子の誕生を強く望んでいる。その思索の時間は、彼に立派な長髯《ちょうぜん》を与えていた。

彼の楽観から、色白で甘い香りがし目元が凛々しいアフラ・マズダ（叡智ある主・善）が生まれ、疑念から、色黒で悪臭漂い目に欺瞞《ぎまん》を映すアングラ・マイニュ（アフリマン・悪）が生まれる。

ズルバンは最初に生まれた者に支配者の環（支配権）を渡し、創造を任せようと考えていた。そして、長男のアフラ・マズダの誕生を待っていたが、狡賢《ずるがしこ》いアングラ・マイニュはアフラ・マズダを押し退け先に生まれ、「私が、アフラ・マズダだ」と名乗り支配者の環を父に要求する。

最初に生まれる子が白く甘い香りのする子だと知っていた父は、彼の欺瞞を見破り「お前は、アフラ・マズダではない」と支配者の環を渡さなかった。

その後、生まれたアフラ・マズダに支配者の環を渡し、後事の創造を任せた。このことに納得できない弟は、支配者の環をめぐり何かと兄に盾突いてゆく。

宇宙の意志を体現したような凛々《りり》しい目元に高い鼻、白く光る歯に銀の長髪、立派な体躯に白い薄衣と青い帯を着け、体の内側からエネルギーが溢れ出しているようなウラノス（創造）や、利発そうな顔付きに優しい眼差し、白い肌に栗色の髪、白い薄衣を纏いホッとするような雰囲気を持つウッコ（創造）や、全てを包容しゆくような穏やかな瞳に切れ長の目、流れるような金色の長髪には銀色の髪飾り、透き通る肌にスラッとした肢体、白い薄衣に体を包み白のベールを棚引かせるイルマタル（豊穣）らを生み出す。ウッコとイルマタルは惹かれ合うと夫婦となり、可愛らしい娘を儲け大切に育てた。

誕生しまだ不安定な原初の海の一部に、ある変化が生まれる。まるで意志を持った水の如く軽く純粋な物質が集まり始めると、一定の流れを生み出す。それは重い物質にも影響を与えると別の流れも生み出した。その海蛇のような流れを含んだ海が意志を持つと、海は巨大な海蛇に姿を変え、二つの流れを内在し守るようにその場に留まっている。彼女の名をナンム（原初の海・創造）という。

やがて彼女に内在する淡水の流れは、上半身は人型に下半身は蛇のようになりだした。彼のヌッペリとした姿は、何処が目なのか口なのか解らない。体表は環境により色が変わるのか、青に緑に変化している。だが明確な意志を持って、誕生したのだ。その名をアプスー（真水・創造）という。

又、アプスーが抜け出た後、更に濃度が増した海水の流れは激しく混じり合い、その液体が固体化し出すと、段々と形を形成してゆく。海水の中から、虎と竜を掛け合わせたような大きな口と二本の角が特徴的な顔が覗《のぞ》いたと思ったら、次いで、虎のような爪を持つ前足に竜のような長い尾、翼のない山のような体に全身を覆う紺色の鱗、海水に濡れるその鱗は、所々、虹色に輝いて見える。彼女の名はティアマト（塩水・創造）という（人が、彼女を虎や竜のように描くのは、このためだろう）。

元々同じ海から生まれたアプスーとティアマトは、話をしなくても相手の意志を感じ取っている。まるで、水が電気を渡すように直接体に流れ込んでくるのだ。二人の強大な創造の力を知るナンムは、そんな二人に創造をするように促《うなが》す。彼らが恋に落ち夫婦になるのは、至極《しごく》当然のようにも思えた。

そんな彼らは、海中に深く沈むと海水を掻回《かきまわ》し始め、最後には体が絡《から》まるのではないかと思われる程交わると、恵の双子を創造する。

最初に、海中からクリスタルのような透き通った鱗を持つ蛇が水面に現れた。彼の名はラフム（豊穣・創造）という。続いて顔を出したのは、母親に似た青い鱗と角を持つ竜だ。彼女の名をラハム（豊穣・創造）という。成長した彼らは、原初の空と海を守護する者となり、この空間の安定に尽くし秩序を生み出すようになっていく。彼らは守護に飽《あ》き足らず、夫婦となり創造を行い始める。

ラフムは、「我々は、空と海の安定と秩序を整えてきた。しかし、新しい空間の創造をしていない。子供たちにこの空間の創造をさせよう」

ラハムは「少しお待ちください。母にお伺いしてまいります」と言い、母のもとに出かけて行った。

そして、「ラフムに、空間の創造のために子を造ろうと言われました」と、切り出した。それを聞いたティアマトは、自分たちの誕生の経緯《けいい》を説明すると、母であるナンムのもとへラハムを連れて行き、水面に向い今までの経緯を説明し出すと、「ラフムとラハムに今後の創造を任せたいと思いますが、如何でしょうか？」と、伺《うかが》いを立てた。

話を聞き水面に現れたナンムは大いに喜び、「ラハムよ、貴女の母も創造をしてきた。そして貴女にも創造の力がある。ラフムの言う通りにしなさい。祝福が訪れるでしょう」と答えた。やがて、ラハムはお腹に二組の双子を宿す。その名をエルクニスラとアセルドゥス・アンシャルとキシャルという。

エルクニスラ（天空・創造）とアンシャル（天空・創造）はソックリで体表が紺色で、星が瞬《またた》いているような模様が散りばめられている大蛇であり、好奇心旺盛な男の子だ。よく二人で空を探索し、怪我をして帰って来た。

アセルドゥス（大海・創造・豊穣）とキシャル（大地・創造・豊穣）も似て、晴れた海のような鮮やかな青の鱗《うろこ》と光に煌《きら》めく波のような白銀の角と鬣《たてがみ》を持つ竜で、慈しむような目で微笑む女の子たちだ。

エルクニスラとアンシャルの怪我の手当や、海に島や植物を創造している。大きく成長した彼らに、ラフムとラハムは原初の天空・大海・大地の守護と創造を任せると、彼らは両親に習い夫婦となった。

姉に断《ことわ》っていつもより遠くへ海を渡って見回りに出ていたキシャルは、彼女が預かる海域を飛び出すと不思議な者を発見する。海から突き出している花の上に胡座《あぐら》をかき、まるで石にでもなったかのように目を閉じている者だ。自分や夫、兄や姉と姿の違う者に初めて出会った彼女は、畏怖《いふ》の念よりも好奇心が勝《まさ》ってしまい、それから度々、彼の様子を観に来るようになった。

何度か観ている内に、「あの者のようになりたい」と思った彼女は、自己の創造の力を使い自分の体を変化させてみた。竜の長く大きな口から顎《あご》に変えられず、又、大きな爪を指に変えることが難しく、彼女は散々な失敗の挙句に、遂に人型になることを覚えた。

姉に今までのことを話すと、目を輝かせた姉は「私にも人型の方法を教えて。二人で変身して、天空から帰って来るエルクニスラとアンシャルを驚かそうよ」と、提案した。アセルドゥスも、なかなか上手く変身できずあせりながら何とか覚えると、二人で島の岩山に隠れて待ち息を潜《ひそ》めている。

暫くして、エルクニスラとアンシャルが、空を仲よく並んでグネグネと泳いで帰って来た。そこへ、「ワッ!!」と飛び出してくる者にエルクニスラは蜷《と》局《ぐろ》を巻き鎌首を上げ、アンシャルは目を白黒して警戒し威嚇音《いかくおん》を発している。

「ゴメン、ゴメン」と言いながら、彼女たちは変身を解いた。「あー、ビックリした」。安堵した彼らは好奇心がムクムクと起き始め、二人は質問攻めに遭《あ》った。

「なんでそんな姿に?」「それは何?」「どうやってやるの?」等々、興味は尽きない。

エルクニスラとアンシャルも、散々な失敗の末、人型になることを覚えた。

原初の海の底に沈んでいく重い物の中に眠る軽い物たちは、沈み切れずに海の中に溶け込んでゆく。その物質たちの意志が集まり関係性を築いてゆくと、彼らは人型を形成し始める。

その青白い髪は膝《ひざ》に届く程長く肌はガラスのように透明に透き通り、瞳はキラキラと光を蓄《たくわ》えその体は水のようなベールに包まれ輝いている。その彼女の幻想的な姿は、見る者の目を釘付けにする。

彼女は水面に向い一直線に浮上すると、その水流までも二匹の大蛇へと姿を変えてゆく。そのまま空間に飛び出した彼女と蛇たちの体は虹色に輝き、そのまま空間に浮遊《ふゆう》し始めた。彼女の名はナナブルク（原初の母・創造）といい、雄蛇をダンバラウェド、雌蛇をアイドウェドという。

まだ何もない原初の空と原初の海の間、無限空間に形を持たない者たちがいる。

タイオワ（宇宙意志・創造）とニャメ（宇宙意志・創造）、そしてブムバ（宇宙意志・創造）だ。タイオワ・ニャメ・ブムバは、その空間に漂《ただよ》うまだ分け切らない軽い物の中にある重い物質を使い自分たちを創る。誕生した彼らの後光を放ち堂々と立っている姿は影になり解り難《にく》いが、映し出される姿は立派な体躯《たいく》を持つ巨人である。

ニャメは誕生して直ぐにこの空間のことを知りたくなると、そのまま旅に出かける。その後タイオワは、自分に似せて一人の凛々《りり》しい青年を創った。その青年は、茶・黒・白・青のウォーボンネット（羽の生えた被り物）に青い髪、鼻筋が通った顔立ちに決意の籠《こも》った青い眼、黒い縁の付いた青い民族衣装のような服に肩から金の縁が付いた青のストールを巻いている。彼の名を、ソツクナング（創造・調和・秩序）という。

星の誕生

タイオワは彼に言う。「ソツクナングよ。無限空間（トクペラ）に生命を誕生させるために、お前を第一の人として力と形を与えた。私はお前の叔父である。甥《おい》の君は私の意志と調和し、この空間に秩序を持たせよ」と。

せっせと物質を集める彼の姿を見ていたアンマとブムバは、宇宙空間から粘土を集めると、赤土と赤銅から赤銅八つの輪に囲まれた巨大な壺《つぼ》（太陽）と、白土と白銅の輪で囲まれた壺（月）を空間に浮かべ彼を照らすように助けた。

ナナブルクは自分の体から双子を生み出すと、男の子のリサ（太陽・創造）をできたばかりの太陽の壺に住ませ守護にダンバラウェドを、女の子のマウ（月・創造）を同じくできたばかりの月の壺に住ませ、守護をアイドウェドに命じた。

彼らが壺に入ると、中は生活するのに十分過ぎる程の空間が広がっている。

ソックナングは、アンマの築いた星を基に九つの星を創った。

すると、アングラ・マイニュが現れ七つの星を造り変え、ゼーリジュ・ニーラフ・ナーンギーシュ・タルマド・ヘシュム・セビーフ・ビーサジュの怪物を誕生させると、アフラ・マズダに嗾《けしか》けてゆく。

アフラ・マズダは七つの光を放ち怪物を拘束すると、夫々の怪物からカイヴァーン（土星）・オフルマズド（木星）・バフラーム（火星）・シェード（太陽）・ナーヒード（金星）・ティール（水星）・マーフ（月）を創造した。

ソックナングは、一番立派な星を選びタイオワに差し出すと、タイオワはそこに居を構える。タイオワの城を訪れた彼は、「生命が生まれるように九つの星を創りました。私の行動は貴方の心に適っているでしょうか?」との問いかけに、タイオワは「よくやってくれた」と褒めて労を労い、自分の近くの星に彼を住まわせると、その星はソツクナングに同調するように碧く輝き、常にタイオワの居城を警護するように傍に控え続けた(後に、人はその星を水星と名付ける)。

不思議な卵

とぐろを巻き眠る緑がかったオピオンは、空間に浮かぶ小高い丘のように見えた。その中央に白い鳩が卵を温めている。どのくらい温めていたのだろう。種子のようなキゼ・ウジが卵の中で成長すると振動が起こり始め、数度目に大きな振動を起こす。その体を揺するような余りの振動に目を覚ましたオピオンは、寝ぼけてフッととぐろを緩《ゆる》めたその隙間から、卵を落としてしまった。慌《あわ》てたエウリュノメは、スッと飛び立ち卵を追ったが、途中で見失うと、オピオンも状況を察し全体に青みがかっている。

二匹は必死に卵を探し求め、海に降りて行く。その近くには、静かに様子を見ている眩《まばゆ》い光がある。ヤハウェだ。原初の空はどこまでも広がり、海(プラジャパティー・ナンムの姉妹)は碧く穏やかで、音もなく漂っている。

海には、いつしか一輪の大きな蓮の花が顔を見せていた。淡いピンクの花の上に、初老の男性が静かに瞑想《めいそう》をしている。彼の四本の腕は左右の腕を直角に曲げ、親指と人差し指で輪の形の印をつくり、もう一対の腕は自然に降ろし下腹部で手を重ねていた。金の冠《かんむり》を被り金の刺繍《ししゅう》が施された緑色の衣を纏い、ルンギー（腰布）を巻いて足を組み座っている。ブラフマー（創造）である。

いつまで瞑想しているのだろう。死んでしまっているのではと勘違いされる程、あまりにも長い間瞑想をしている。

彼はふと瞑想をやめ、自分の手の平を見ると、白い卵が握られていた。

「ン⁉　何だこれは‼」と一瞬頭を過ぎったが、瞑想に入るため瞼《まぶた》を閉じようとしていると、突然、「フン‼」という掛け声と共に海（ヌン・創造）から全裸で飛び出す者がいる。青年のアトゥム（ラー）だ。

彼はヌンの意志で生まれ、自分の意志で、ヌンより飛び出て来たのである。ヌンを退かせ、原初の丘（ベンベン石）に立った彼の影は、ヌンの波間に大蛇のように揺れ動いている。彼は丘の上に立ち濡れている体を乾かせようとしていた。その赤褐色で筋肉質の体を伝い、液体が雫《しずく》となって流れ落ちてゆく。

いきなり周囲が震える位の大きなクシャミをすると、鼻から乾燥した風のシュウを吐き出したかと思うと、唾《つば》から湿った風のテフヌトを生む。

その様子を見てブラフマーは可哀想に思い、彼に青い腰布と黄金の腰帯、白いルンギー（巻きスカート）を贈った。贈られて初めてブラフマーの存在を知ったアトゥムは大いに喜び、丘を踏みつけ感謝のダンスを返した。

彼は白い衣を纏って飛び回るシュウとテフヌトを呼び、「この海の先に何があるのか探れ」と命じ、海を渡る旅に出す。そして宙に浮かび蓮へ向かうと、ブラフマーの横に立った。ふと目線を下に移すと、ブラフマーの手の平に卵がある。

彼は「何故、こんな物が⁉」と気になり、その卵に顔を近づけた。ずっと眺めていた彼は、卵が不思議な生命の息吹を発しているのを感じていた。

ブラフマーが原初の水（ナラ）に種を一つ落し暫《しばら》くすると、海面が盛り上がり大波と共に巨大な蓮《はす》が現れ、白い花を咲かせた。そこへ彼を座わるように招くと、静かに瞼《まぶた》を閉じ深い瞑想に入ってゆく。

天空を慌ただしく飛ぶ鳩と、海中に何度も潜る大蛇がいる。エウリュノメとオピオンだ。

彼らは卵が落ちたであろう場所を、念入りに探している。しかしいくら探しても見当たらず、もう少し広い範囲を探すことにした。

目を凝らすと、少し離れた花の上に見慣れない者がいる。「何か知っているかもしれない」と、鳩は空を音もなく駆け、蛇は海を滑るように近づく。

近づくにつれ姿がよく見え始め、その老人の手に置かれた卵が見える。「あの白い卵だ‼」と叫び彼らは、奪い返すために鳩は矢のように飛び、大蛇は歓喜し黄色みがかりながら近づいた。

ブラフマーは、宇宙のイメージを描いている。何もない空間を想い描いていた。

しかし、これはイメージであり現実ではないと思い返し、イメージを放棄した瞬間、暗闇が生まれた。

暗闇はチェルノボーグ（悪意）と結び付くと、複数のアスラ（悪）を生む。そのただならぬ気配を感じ取り、スッと立ち上がったアトゥムは左目に手を当て変化させると、ハトホル（愛・豊穣・治療・導き）を生み出す。彼女は大きな牛の角と耳を持ち、赤いタイトなワンピースを纏《まと》っている。彼女がアトゥムの前に跪《ひざまず》くと、アトゥムは「なかなか帰らないシュウとテフヌトを探し出し、急ぎ連れ帰れ」と命じる。

彼女は命を受けると一目散に駆けて行った。

次にブラフマーは、一つずつ現実からイメージすることが重要だと考え、一つの天体を鮮明に想い描いている。その様子を見ていたヤハウェは、彼の創造に力を貸す。オピオンが真っ赤になり跳びかかったが、突然白い卵は金色の猛烈な光を放ち手中より浮かび上がった。

エウリュノメとオピオンは、眩《まぶ》しすぎる光に目が眩《くら》み、その場から動けないでいる。

卵から放たれた猛烈な光は、卵が夥《おびただ》しい生命エネルギー体であることを容易に解《わか》らせた。

その隙《すき》に何処からともなく現れた大鷲《おおわし》は、光り輝く卵を咥《くわ》えて飛び立ってゆく。ナラの海に仰向《あおむ》けに浮かんでいる乙女がいる。彼女の長い金色の髪は水面に広がりキラキラと光り、切れ長の目に白く透き通る肌、スラッと伸びた肢体に薄い衣を羽織《はお》ると、片膝を立てて波間に揺れている。何もない空間に飽《あ》きているのだ。彼女の名はルオンノタル（原初の空ウッコとイルマタルの娘・創造）という。

大鷲は、彼女の立てた右膝の上に舞い降りると巣を造り、卵を温め始める。輝く卵を見た彼女は「まあ、なんて綺麗《きれい》なの」と呟《つぶや》くと、そのまま大鷲と卵を眺め見守った。

やっと光に慣《な》れ始めたエウリュノメとオピオンの目には、またも卵は消えて無くなっている。先程の変化を思い返した彼らは、全身を突き刺すような生命エネルギーの大きさに「ゾクッ」としていた。「遅かったのかもしれない……」、創造の始まりと使命の終わりに、エウリュノメは翼をたたみ、紫がかったオピオンの小島のような背に止まっている。

その様子を見たヤハウェは、暫く彼らを見守ると、強烈な光を放ち飛び去った。

壺の中で大蛇に守られスクスクと育った双子は、青年へと成長している。リサは天然の癖毛《くせげ》で毛先まで燃え立つような赤い髪をし、瞳は燃えるような赤く浅黒い肌を持ち、真っ赤な衣を纏い辺りを壊して回るような乱暴者に育ち、マウは輝くようなブロンドの長髪に慈《いつく》しむような青く透き通る瞳、色白の肌に白と銀の刺繍が施されたドレスを纏い、立派な淑女《しゅくじょ》になった。

初めての日食が起こり初めて出会った彼らは、お互いの違いに魅《ひ》かれ合うと、周囲の明かりを薄明りにし、太陽と月は重なった。大蛇たちも久しぶりの出会いに体を擦《す》りつけ、絡《から》み合っている。

彼と別れた後、マウはお腹に双子の命を宿す。マウの妊娠に喜んだ母は、彼女に寄り添い甲斐甲斐《かいがい》しく世話をやくと、無事双子が生まれた。

ハトホルは一心不乱にシュウとテフヌトを探し求め、至る場所を隈《くま》なく探し回っている。なかなか見つからない彼女は、焦《あせ》っていた。「これだけ探し回っても居ないなら、もうダメだ」と肩を落とし諦めかけていると、彼女の鋭敏《えいびん》な耳は、遠くから風に乗って呼びかけてくる声を捉《とら》えた。

「おーい。何だ、君は?」男性の声のようだった。

彼女が声のほうを振り向き目を凝《こ》らすと、一組の男女がこちらに向っていた。彼らが近付くと一対の風が彼女を取り巻き、服と髪を棚引《たなび》かせ眼を閉じさせる。ゆっくりと開けた彼女の眼には、光が戻っていた。

「シュウさんとテフヌトさんですね……」いきなり名前を呼ばれた彼らはキョトンとしている。彼女はあまりの嬉しさに、思わず彼らの名前が口を突いて出てしまったのだ。

しかし、ハッと我に返り彼らの前に膝を突き、「私はハトホルと申します。アトゥム様の命によりお迎えに参りました。私と一緒に、急ぎお帰りください」と告げた。

それを聞いたシュウとテフヌトは顔を見合わせると頷《うなず》き、彼女と一緒に帰路についた。

ブラフマーの瞑想は続く。

アスラたちの気配を感じ悪のエネルギーが強すぎることを憂《うれ》いた彼は、この空間に平和と調和が必要と考えた。原初の水（ナラ）の力を借りた彼は、彼らに対抗する存在を想い浮かべる。

すると、眩《まばゆ》い光の柱が彼とアトゥムを包み込むや否《いな》や空へ矢のように消え、ベロボーグ（善意）と結び付き強烈な光を放った。その光から、全てを吹き飛ばしてしまう程の暴風を纏い現れた若者がいる。その名をルドラ（後のシヴァ）といった。

彼は、紫玉《しぎょく》の首飾りを垂らし腰に虎皮を巻いている。四本ある腕の左手に三叉槍《さんさそう》（トリシューラ）を持っている。風に乗り空中に浮かび上がり、嵐のような激しい舞踏（ダンス）をすると、空と海を見据え三叉槍を掲《かか》げて、「ウォー!!」と叫んだ。

彼が動くと、全てを震わせた。光から、目鼻立ちがスッとした色白の美青年が続いて現れる。名をヴィシュヌといった。

彼は、頭に金のティアラのような冠を被りレイのような花の首飾り、腰には朱に金の刺繍を施した薄衣を身に付けている。四つの腕を持ちその手にはチャクラ（円盤状の武器）・棍棒（力の象徴）・シャンカ（解脱のほら貝）・蓮華が握られている。

女性かと見違える程しなやかな振る舞いで空間に立ち、優しく空と海に「静まりなさい」と諭《さと》すと、その震えが鎮《しず》まった。落ち着きを取り戻した空間は、永遠にこのまま変わらないのではないかと思う程無音だ。

彼が光の前に立ち優しく「出てきなさい」と言うと、複数の善神が陸続と生まれる。その異様とも思える気配は、空間全てを埋め尽くしていた。

その空間を見渡すように眩い光がある。ヤハウェだ。その空間の気配を只事ではないと感じた彼は、悪・善・振動・静寂を起こした一連の原因がブラフマーにあると考え、彼の所へ行き行動を確認する必要があると思ったのだ。

ブラフマーの所に着いた彼は、空中に浮遊しながら瞑想する彼を眺めている。

すると、彼は瞑想をやめ印を組んでいる四本の腕を解き、その手を上にかざし頭を下げ、水面に向け讃嘆《さんたん》しながらナラに願った。

「いつまでも蓮華の上に居る訳にもいきません。私はここに住み、この空間にある全てを見守り祝福していきたい。母なるナラよ。私に相応《ふさわ》しい住まいと従者を、与えて欲しい」と。

その海のような深い想いにナラは心を動かし、その願いを聴き入れどんどん水底を隆起させている。

それは水面を越えまだまだ高くなっていき、山頂が小さく見えなくなる位の高山（メル山）をブラフマーの背後に出現させた。

浮かび上がった彼が、蓮華からメル山の頂に移動すると、山全体が震えるかの如く、鉱物たちが動き、地面から平らに切り出された鉱物が組み合わさると宮殿造りを始める。みるみる出来上がっていく宮殿を前に山裾に目をやると、山肌を流れる水が低地に集まり湖ができ、その湖の水中から青い衣服を身に纏った女性が湖面に現れる。

彼女の目は全てを見通しているように澄み、歌を口ずさみながら歩く姿は、野原を歩いているようにも見えた。彼女が歌う度に、目に見える全ての物がキラキラと輝きを増す。不思議に思ったブラフマーは、彼女に想いを届けた。

「儂《わし》は、ブラフマーという。蓮華の上で瞑想をしていたのじゃが、母のお陰でこの山におる。しかし、貴女の不思議な力に惹かれ、この湖まで来たんよ。是非、名をお聞きしたいんじゃが……」

彼女は、「ヴァク（言葉）」と名乗った。ブラフマーは、名を聞くと先程の不思議な状況を理解し、更に、「儂の創造に、是非力を貸して欲しい」と、頼み込んだ。

ヴァクは微笑み、「全てナラ様から聞いております。私は貴方様を助けるのが使命です」と答えると、出来上がったばかりのキラキラ輝く宮殿に、手を取り寄り添うように消えていった。

アトゥムはそり立つメル山を見上げ、エウリュノメはダイヤのように輝く宮殿へ飛び立ち、オピオンは赤みがかったオレンジになり周囲を警戒している。彼らは今起こったことに動揺を隠せないでいるのだ。

ブラフマーがヴァクの腰に左腕二本を回し、宮殿の最上階にある展望台に現れた。この展望台は遮《さえぎ》る物がなく、近くから遠くまで全方位三六〇度見渡すことができる。

あまりの景色に、彼らは暫く見惚《みほ》れていたが、ここで、ナラに感謝を捧げることにした。膝を着き床に伏せると、「ああ、母なるナラよ。有難うございます。貴方のお陰で、この宮殿と伴侶を得ることができました。我らは、誓いし願いを護ります」と申した。

立ち上がった彼らの目は、蓮華を浮かべた水がキラキラと光り輝き、嬉しそうに揺れているのを捉えている。

そして彼らは、今見える広大な空間を「宇宙」と名付けることにした。

宇宙の創造

ブラフマーは眼下にアトゥムの姿を捉えると、「アトゥムよ。ここに来てくれないか」と招く。招かれた彼は蓮華からメル山の頂上まで息も切らさず駆け上がり、宮殿に入ると大客殿・調理室・宝物庫・接待室・倉庫など、沢山の部屋を駆け抜け展望台に向かう。

展望台に着いた彼の姿を確認したブラフマーは、「儂らで宇宙を創ろう」と呼びかけた。

何故なら最初から彼に、創造の力があることを解っていたからだ。彼らは手を取り誓い合うと、「言葉」

による宇宙の創造を始める。すると、夫の傍らで彼女は、キラキラと輝きを増した。

アトゥムは創造の前に、宇宙の秩序を管理する者とその秩序を使い導ける智恵者が必要であると考え、ヌンに内在する力を覚知し、創造を働かせて「マアト（法・真理・正義）」の名を呼び、ベンベン石に内在する力に向って、「トト（知恵・医術）」の名を呼んだ。

するとヌンが光り輝き、ダチョウの羽を付けた冠に色とりどりの陶器《とうき》の玉の首飾り、タイトな赤のワンピースを身に着けた聡明な女性が現れ、ベンベン石を割り、トキの頭に色とりどりの陶器の玉の首飾りと腰帯、黄色と白のロインクロス（腰巻き）を着けた知的な男性が現れた。

彼らはアトゥムのいる宮殿まで飛んで来ると、彼の創造を助けるために、片膝をついて彼の左右に分かれ控えている。創造に疲れた彼はブラフマーと交代し、休憩をとることにした。

彼とヴャクは並び立つと、「母なるナラよ。再びの願いをお許しくだされ。私も老いました。創造の手助けをしてくれる儂らの子供が欲しいのです。名をスヴァヤムヴァ（瞑想する者）と言います。よろしくお願い致します」言い、頭《こうべ》を垂れた。

ナラはその願いに感心しピンクの蓮華の中から光と共に黄色の服を着た男の子を誕生させると、その子は蓮華の中央に足を組み瞑想を始める。

それを見た彼らは「おお、母なるナラよ。有難う御座います」と感謝を述べると頭を垂れ、アトゥムと交代した。

彼は、自分が創造した物を造り増やす者と混乱したときに戦う者が必要と考え、ヌンに向かい「クヌ

ム（造形）とヘケト（クヌムの妻・多産）」の名を呼び、続けて「ネイト（軍司令）」の名を呼んだ。

するとヌンの一部から光の柱が立ち上がり、その中から広く平らに伸びる青草を角の代わりに生やした羊頭の男性と緑色の蛙頭の女性が現れ、続いて頭に矢と盾を模した冠を被り、キリッとした顔立ちの女性が現れた。

彼らは其々、陶器の玉の首飾り・腰帯・黄色と白のシャンティ（腰巻き）・タイトな赤のワンピースを身に着けている。そして、ある者は水面を駆けある者は飛び跳ねながら宮殿まで来ると、マアトとトトの前に片膝をついてかしこまった。

アトゥムは、ブラフマーたちに語りかけた。「ブラフマーよ、私は、宇宙で必要な神を生んだ。これから物静かなこの世界に、動物・植物らを創造したいが、一緒に創造しないか」と。

彼らはその呼びかけに答え、先ずは鳥の中でツバメを創ろうとした。ツバメのイメージを固めていく。アトゥムが小振りで全体が黒っぽくお腹側は白いイメージを描くと、ブラフマーは首が赤く長く二つに割れた尻尾を持っているイメージを描く。

「ツバメ」と声に出すと、原初の海から一匹のツバメが現れた。

直ぐにヌンの土から作った粘土で、クヌムが造形を作り、ヘケトが産み増やし、トトがパピルスへ名前や数の記録をとりながら命を吹き込むと、マアトが調和を与えている。

それらの行動を繰り返し鳥・馬・豚・牛・猫・犬・蛇らの様々な種類の動物と、苔・草・木・果樹ら様々な種類の植物を、名を呼んで創造してゆく。

気付くとメル山は動植物でいっぱいになり、混乱が起きている。宙を舞う者が地を這い、地を歩く者が宙に浮いている。動植物の争いに、ネイトが間に入り仲裁をしている。

この光景を見て「これでは駄目だ」と呟いたヤハウェは、助言を与えようと宮殿へ向かおうとしたが、フード被り暗めのロングコートに身を包んだ中年の男が、杖を携え突然目の前に現れた。阻まれた挙句に彼の杖頭《じょうとう》が指し示す先に目を向けると、マアトがアトゥムの前に跪《ひざまず》き何やら申告している。

「アトゥム様、恐れながら申し上げます。このメル山一帯に、混乱が生じております」と。

冷静になった彼らが周囲を見渡すと、あまりにも酷《ひど》い有り様だ。創造に夢中になり過ぎ状況を見ないあまりにも無秩序な状況に、タイオワはソツクナングを呼び出し彼らの動向を探り報告するように命ずる。

この状況を何とかしなくてはと思案している彼らがふと海に目を向けると、波間に揺れている乙女の膝の上にある金色の卵が、目に飛び込んできた。

彼らはお互いに目が合うと、誰からともなく「これだ‼」と叫ぶ。

ヤハウェは先程の男を気にしながら彼らのほうを向くと、「暫く任せてみよう」と呟きそのまま光の如く立ち去った。

第二章　星の誕生

乙女の膝の上、巣の中で金色の卵は大きく成長している。

卵はブラフマーの力により数倍大きくなり、大鷲も温めるのが大変そうだ。

宮殿の広間、アトゥムは徐《おもむろ》にソファーから立ち上がりブラフマー夫婦に、「この混乱を終息させるには、彼らの住処《すみか》を創る必要があるのではないか。すなわち、彼らに相応しい星を創るのはどうか？」と話し始めた。

彼は思慮深く、「私は一度瞑想により、より具体的に天体を想い描いたが、卵は未だ天体に成らず。これは普通の卵ではない。鴆と蛇が未だ居るのも、きっとそれに関係しているからに、違いない。我々の「言葉」による創造だけで、果たして星になるのだろうか？」と。

アトゥムは彼が臆病風に吹かれたに違いないと思ったが、彼のこれまでの具現化させた創造の力を想うとなるほど一理あると考え直し、「それでは、鴆と蛇に話しかけてみるのはどうか。何か解るかもしれない」と問うた。彼は蓄えて白くなった顎髭《あごひげ》を撫《な》でながら、寄り添う妻を見て少し考え込み、「それがよかろう」と答える。

宮殿を後にした彼らは、地を這《は》う鳥たちや空に浮かぶ魚たちに心を痛めながら、眼下に見える蓮華の上へブラフマーは妻を四本の腕で抱えながらフワッと跳び、アトゥムは山を駆け降り水面を割くように走り抜けた。

いきなり現れた彼らに、藍色がかり眠っていたオピオンは、みるみる体表が赤に変わり「シャーッ」と攻撃音を立て鎌首を擡《もた》げ、鴆もスッと飛び立ち様子を覗っている。

アトゥムは彼らを守ろうと前に出て、仁王立ちで二匹を睨《にら》みつけている。

沈黙を破りブラフマーは、「いやー、驚かせてスマンスマン。争いに来たんやない。話しに来たんよー」と、アトゥムを後ろへ促しながら言った。悪びれない彼の言葉に、鳩はピンクの蓮華に舞い降りると、女性の姿となる。

エウリュノメはブラフマーたちの前に進み出て、鋭い眼光で語気も荒く「今更、何を話したいと言うのだ」と言い放った。

ブラフマーは、「可愛いお嬢さんが、そんなに語気を荒げちゃいかん」と諭し、「あの不思議な卵について、何か知っていたら教えてくれんか」と頼んだ。

彼女は、仕方なく話し始めた。「私たちがカオスの中にいると何者かが引き裂き、この空間に現れた。私たちは私たちの使命に従いその空間に星を生み出すために、私が卵を産みオピオンと共に温めて育てていた。しかし、温めている途中で卵を不注意にも落としてしまった」と。続けて『その後のことは、お前たちのほうがよく知っているだろう」と。

オピオンはまだ攻撃色のまま低い声で、「元々俺たちの卵だったのを、盗ったのはお前たちではないか。返せ!!」と。彼も知っているのだ。そうなった原因が自分であるのを。そして、その後に起こったことが、不可抗力であることを。何故なら、だんだん攻撃色が消え青みがかっているからだ。

ブラフマーは話を聞くと少し考えを巡らし、「全員で協力し、卵を孵化《ふか》させようやないか」と切り出す。

エウリュノメたちは呆気《あっけ》にとられていたが、直ぐ快諾した。

少し離れた場所からその様子を観ていたアンシャルとキシャルは、金色に輝く卵から発する異常な程の生命エネルギーを感じ取ると、彼らは口を揃《そろ》えて、「あの卵普通じゃない!!」と叫んだ。

暫く動揺していた彼らは我に返り、アンシャルが口を開きキシャルに話し始めた。

「あの卵は、新しい物を生み出す力を秘めている。彼らも、新しい創造をしようとしているようだ。我々も、彼らと共に創造をしたらどうか?」と。少し考えた彼女は、「うん。そうしよう!!」と答える。

好奇心の強い二人が、意気投合するのは早かった。更に、彼らの背後で何処からともなく現れ見ていたヤハウェは、光の中静かに微笑んでいる。

妹から話を聞いた姉は「エーッ、そんなことがあったの? 私も見たかったな」と少し拗《す》ねると、妹の次の言葉に息を呑んだ。

「私とアンシャルは、彼らの創造に力を貸したいと思っている。姉さんたちも一緒にどう?」

「私一人では決められない。エルクニスラに聞いてみるね」と答えた姉は、夫の帰りを待って相談した。

帰って来たソックナングからことの顛末《てんまつ》を聞いたタイオワは、「そうか」と呟《つぶや》き少し思案すると、「お前も、彼らに力を貸しなさい」と命ずる。

双子が生まれ夫婦になったリサとマウは、会えない期間もお互いのことを想い合っている。日食・月食毎にお互いを求め合って子を儲けた彼らは、次第に大家族になってゆく。

ハトホルがシュウたちとアトゥムの元に戻ってみると、目を丸くする光景が広がっていた。宙に見慣れない動植物が浮かび、地にも見慣れない動物が這いずり廻っている。眼前に聳《そび》え立つ山とキラキラと輝く宮殿、黄金に輝く巨大な卵に、大蛇が巻き付き白鳩は温めている。

「アトゥム様は、きっとあの宮殿に居るに違いない」と思った彼らが宮殿の入口まで来ると、キラキラと輝く女性が扉の前に立っている。ヴャクだ。

彼らの姿を見るなり彼女は、「お待ちして居りました。私は、ヴャクと申します。皆様のお噂は兼ねがね、アトゥム様より伺っております。「そろそろ帰るだろう」とおっしゃっておられたので、耳を澄ましていたところお声が聞こえ、お迎えに参った次第です」と。

そして、踵《きびす》を返し扉の前に立った彼女が「開きなさい」と言うと、巨大で重厚な扉が独りでに左右へ音を立てて開いていく。彼らは、目の前の出来事に釘付けになっていた。

「さあ、どうぞお入りください」と一行を迎え入れ、アトゥムが待つ展望台へと案内をした。石畳の螺旋階段を登り、数千人は入れる大広間・金銀で装飾された豪華な客間・奥行が解らない程広い瞑想室など、いくつの部屋を通って来ただろう。やっと展望台に着いた。

ハトホルはアトゥムの姿を捉えると嬉しくなり、猛然と駆け出し跪き頭を垂れると、「アトゥム様、シュウ様テフヌト様をお連れし、只今戻りました」と告げた。

アトゥムは、「ハトホルよ、御苦労であった」と労いの言葉をかけ、「シュウ・テフヌトよ、久しぶりではないか。旅の話を聞かせてくれ」と歓びあった。

ハトホルはやっと自分が戻るべき場所に帰れると、喜び勇んで顔を上げアトゥムの左目を見つめると、既にそこには先客がいる。ウジャト（月）だ。彼女が目となり、アトゥムの前を照らし創造の手助けをしている。

帰る場所が無くなり、ガックシと顔を伏せたハトホルの両目には涙が滲《にじ》み、やがて大粒の涙となって頬《ほほ》を伝い床に落ち、右目の涙から男性（人間）が左目の涙から女性（人間）が生まれると、宙に浮かんでいった。

ヴァクはその涙に気付くと彼女を優しく包み込み、「大丈夫よ」と励ました。すると、涙を拭い彼女は顔を上げ、「アトゥム様、私はコブラとなり、永遠に貴方様を護ります」と申し上げ蛇の姿になった。その決意に感銘を受けたアトゥムは、額《ひたい》に彼女を戻した。

瞑想をしていたブラフマーの瞼が静かに開き、徐《おもむろ》に宙を見上げると、声を上げている。その声は穏やかだが力強く、宇宙全体に広がってゆく。

「善神たちよ、聞いてくれ。我々は、星を創ろうと考えている。生物が住める星だ。だが、それには莫大な力（エネルギー）が必要のようだ。是非、力を貸して欲しい」と。

彼は善神たちの力も借りないと、星にならないと考えていたのだ。

その声を聞いたルドラは「ブラフマーが呼んでいる」と呟くと、「ウォー!!」と雄叫びを上げ、風を巻き込み宇宙を震わせながら、下へ下へと降りてゆく。

その雄叫びを聞いたヴィシュヌは、「彼奴《あいつ》また叫んでいる。五月蠅《うるさ》い奴だ」と涼しげに呟き、震える善神たちに「私と共にブラフマーの所へ向かうのだ」と呼びかけると、流れ星のように飛んでゆく。

ブラフマーの声は善神のみならず宇宙に轟き渡り、アスラも聞き耳を立て、ざわついている。ざわめきの中央に、焦げ茶色の肌に白く長い顎鬚《あごひげ》を生やし、腕が四本ある老人が、椅子に腰を下ろしている。彼は茶色の薄衣を纏い首から黒玉の長い首飾りを垂らしていた。名を、ドゥルヴァーサス（怒《いか》れる者）という。

彼は口元の鬚《ひげ》に右手を近づけ掴み、天を睨みつけ「ブラフマーの奴……」と口惜しそうに呟き、続けて、地鳴りのような体に響く声で「黙れ!!」と騒ぐアスラたちを一喝すると、「暫く様子を覗い、報告しろ」と命じた。

いきなりのブラフマーの呼び掛けに、旅をしていたニャメも「これはただ事ではない」と、声のしたほうへ飛び戻ってゆく。

善神たちの息遣《いきづか》いや足音の響きは、荒れ狂う海のようだ。押し寄せる姿は、まるでうねりを増す津波のようである。ルドラとヴィシュヌが善神を率いてメル山の宮殿に現れると、金色の卵と大蛇の蟠《とぐろ》・動植物が宙に浮いている異常さに、驚いた善神たちは騒《ざわ》めき立つ。

ヴィシュヌは、「静まりなさい」と促し騒ぎを鎮《しず》めると、ルドラは風を纏い宮殿に向かった。

ヴィシュヌは、「彼奴《やつめ》……」と呟き、直ぐに後を追った。

ルドラが宮殿に近付くと、壁や塀の石たちが余りにも強烈な風に騒ぎ始めた。

その様子を見てブラフマーは衣を靡《なび》かせながら、「少し、風を和《やわ》らいでくれないか。宮殿が耐えきれん」と言うと、彼は無骨な声で「解った」と答え風を止め展望室の屋根を粉砕し、「バキッ・ガコッ・ガラガラ・ドスン」と、様々な音を立てながら目の前に落ちて来る。

続いて、ヴィシュヌは白鳥のように音もなく舞い降り、アトゥムたちは急に現れた彼らから目を離せずにいる。

ブラフマーは挨拶をしようとする彼らの口を遮るように、「君たちのことは、誕生からよく知っている」と言うと、宇宙の創造から今に至るまでを説明し始める。

光り輝く宇宙が、音もなく彼らを包み込んでいた。

ブラフマーの話を聞いた彼らが戻ると、善神たちに事情を話している。ルドラは「だからー、鳩が卵を産んだのを星にすんだよ。力を貸せよ!!」と感情的に話をし、対してヴィシュヌは、「宇宙の始めにカオスがあった……」と理論的に話し始めた。

皆、ルドラの話がよく解らないので、ヴィシュヌの話に聞き耳を立てている。彼は、ルドラ一人に行かせるとこうなることを、解っていたのだ。

ヴィシュヌの話を聞き納得した彼らは、ブラフマーに力を貸す決意を固めた。

ブラフマーの宮殿を訪《たず》ねる一人の青年がいる。ソックナングだ。彼はタイオワからの言付けを託され訪《おとず》れたのだ。彼はブラフマーのもとを訪ねると、タイオワからの言付けを伝える。「この空間の秩序のため、星の誕生にソックナングを送る。彼は大きな力となろう。共々に協力しようではないか」と、ブラフマーはこれを大いに喜び、彼を迎い入れた。

エルクニスラとアンシャル夫婦は、今こそ絶好のチャンスだと、我が子たちを卵に潜り込ませ、インガルナも、我が子ンガルヨッド（虹蛇・創造）・バイアメ（創造・文化）・エインガナ（虹蛇・創造）を

卵に潜り込ませた。

その様子を観ていたニャメやブムバも、面白いことが起こりそうだ。「彼らの創造が成功するように、この宇宙を安定させてあげよう」と、助力する。

ブラフマーはルオンノタルのもとに駆け寄ると、「創造のために、その卵を我々に預けてくれんか」と頼んだが、彼女は「変化があるなら、このまま見ていたい」と断る。それでは仕方がないと諦《あきら》めた彼は、そのまま帰って来た。

全ての手を尽くし不足はないと感じたブラフマーは、星の創造をアトゥムとソックナングに告げ展望室の城壁の縁に身を乗り出し、「そろそろ星の創造を開始しようと思っとる、準備してくれんかのう」と、ヴィシュヌとエウリュノメに伝える。

金色の卵を睨《にら》むかのように監視するオピオンと見守るように見つめるエウリュノメ・奥にトリシューラを構えるルドラ・手前に法具を捧げるように跪《ひざまず》くヴィシュヌ・卵を中心に円を描くように取り囲み、足を組んで座った善神たちは、各々の印を結んで眼を閉じた。

ブラフマーはその場に座り足を組むと、瞳を閉じ親指と人差指で印を結んだ。隣で同じように瞳を閉じたヴァクは、手を合わせている。アトゥムは控える者たちに片膝立ちのまま瞑想させ、自分は立ったまま瞑想を始める。ソックナングは両手を広げると両腕を突き出し、トクペラの力を卵に集めていた。

ブラフマーは気の高まりを感じたがもう少し足りないと、「全員の気を高め心は穏やかに、星の誕生一つに集中して願うのじゃ」と鼓舞する。中には歌うように祈る者踊るように祈る者も現れ、各々が夫々の方法で星の誕生を願う。

気の高まりが最高潮にたちすると全員が輝き出し、一斉に「星よ。生まれよ!!」と声を上げる。その様子を見てヤハウェは、「水（空）と水（陸・海）の間に青空（空気）を」と助勢し、更に「空を指して天」と名付けた。アンマは、「キゼ・ウジよ。今こそ行動を起こせ!!」と命じた。

すると、卵の傍《そば》に活力に満ちた男性が現れた。宇摩志阿斯訶備比古遅《うましあしかびひこじ》は碧玉《へきぎょく》の首飾りを垂らし白の薄衣を纏っている。祈るように手を合わせると、星の成長を認めて生命力を与えた。

続いて厳《おごそ》かで気高い女性が現れた。天之常立《あまのとこたち》は長髪を靡かせ金の首飾りを垂らし白の薄衣を纏っている。包み込むように両腕を広げ祈ると天空の永遠性を認めて祝福を与えた。

次に長髪の凛々しい男性が現れた。国之常立《くにのとこたち》は黄玉で作った勾玉の首飾りに白の薄衣を纏っている。生命力を増幅《ぞうふく》させるように手の平を上に祈り、天空の世界（大地）の永遠性を認めて生命の繁栄を与えると、更に穏やかな女性が現れた。

豊雲野《とよくもの》は長髪を揺らして緑玉で作った勾玉の首飾りをかけ白の薄衣を纏っている。慈悲深く手を差し伸べるように祈り、雲の海の永遠性を認めて自由を与えると、さっきまで普通だった卵が大きく七度の振動し、上部が冷たくなったかと思うと、急激に高熱を発し目が眩む程金色に光り輝いている。

そのあまりの光と熱さに大鷲は驚き慌てて飛び立ち、卵の熱で巣が燃え出すとルオンノタルは「熱い!!」と叫び膝を火傷《やけど》してしまった。彼女が足をバタつかせナラからアセルドゥスの海に転がり落ちてゆく。

卵は更に大きく膨らみキシャルの胸に抱かれると、外側からアンシャルが現れ彼女の傍らに寄り添うように立ち、卵を抱える彼女の手に自分の手を重ね二人で支え合っている。そのアンシャルの横にエルクニスラが肩を組み、キシャルの横にはアセルドゥスがそっと肩を抱いている。

その卵の中央にヒビが入ると、隙間から更に眩い光が漏れ出す。光に呑まれた四人の姿はよく見えないが、影からは立派な若者たちのように感じられる。

そして、その場にいた誰もがその神秘的な光景に魅入られ、目を離せずにいる。四人は卵に向かい、「我が子よ、愛しい我が子よ。後は頼みましたよ。新しい創造を!!」と呼び掛けた。

そこまで見たヤハウェは星の誕生を確信し、光の如く飛び去ってゆく。

混沌の星

卵の中は入り交じり、まるで宇宙の始まりの如く混沌《こんとん》としている。

それは、今まで一つであった物が分裂しようとする変化であり、そのための混乱なのだ。アンマの呼びかけでポーから目覚めたキゼとウジは、有り得ない速さでグングンと成長していく。薄暗い中、白い薄衣を纏った体に、ベットリと白身のような半透明の半固体が纏わり付いてくる。

彼らは白身のような物を上下に押し上げ踏み付け七度広げて空と大地を造り、自分たちが生まれてきた二つのポーを二つの子宮とし、大地を捏《こ》ねて女性を形作り生命を与えると、アンマに捧げた（卵が大きく七度振動した理由はこれだったのだ）。

卵の上部近くにニヴルヘイム（極寒の国）があり、少し下がった所にムスペルヘイム（灼熱の国）がある。そこには炎の巨人スルトが炎の剣を持ち歩き、炎の巨人を率いている。二つの国に挟まれるように、ギンヌンガガプ（深い穴）があった（卵が急に熱くなった理由はこれだったのだ）。

ギンヌンガガプの穴底には、巨大な氷塊がある。ニヴルヘイムの冷気とムスペルヘイムの熱風がぶつかり合い穴底に吸い込まれてゆくと、氷塊を溶かし大量の霧を発生させる。やがて大きな水滴となって雫が垂れると、原初の牝牛アウズンブラと巨人ユミルが生まれた。

アウズンブラは塩分を含む氷塊を舐《な》め、ユミルはアウズンブラの乳で成長する。

卵の中に送られたアンシャルとキシャルの子たちは、繭《まゆ》のような中で二人ずつ抱き合って眠っている。

卵のツタのような場所で眠っていた巨人は異変に揺り起こされ目覚めると、周囲に誰もおらず段々と眠りながらみるみるうちに成長していく。

彼は頭に小さな角があり髪は長く髭面《ひげづら》で、オジサンのような顔をしている。名を盤古といった。

何の影も形もない世界に腹立たしくなり、周囲の物を両手で殴り暴れ始めた。

彼が暴れ殴り続けると、半透明な白身のような液体の薄くなった膜越しあちらこちらに、何か動いている気配を感じる。彼は目を凝らし確認し始めた。

「何だ。あれは?」右を向いた彼の目に、無数の頭のような影が飛び込んできた。

「おいおい、こっちにも何かいる」左を向くと、半透明な膜越しに人影のような物が滲《にじ》んでいる。前を向いても後ろを振り返っても、近くに遠くに黒い影が大きく小さく動いている。

「ここにもあそこにも、至る所に俺以外の何かがいる」と思うと、俺だけじゃないと嬉しい反面怖くもある。

次第に、何がなんだか自分でも解らなくなってきた。

とにかくこの息苦しい世界から飛び出たいと、無我夢中で体に纏わり付く半透明な白身のような液体をかき分けた。するとそれは段々と固まっていき、手足で上下に押し広げることができるようになる。

腹に力を籠めると、足を踏ん張り両腕に力を伝えながら体全体で持ち上げていく。少しずつ隙間は広がり卵が大きく膨らんで行くと、周囲を見渡すことができるようになってゆく。

彼がゆっくり立ち上がると、蔦《つた》のように絡みつく白い液体は薄衣を羽織っているように彼の体を包んでいる。改めて右を向いた彼は、目に飛び込んだ景色にギョッとした。あまりにも異形の者がそこに居たからだ。

千の頭に千の目を持ちウニョウニョと動き、その下に大きな鼻・耳・口がある。千本の足は固まった液体をどっしりと踏み締め、筋張った太い幹のような両腕が上へと持ち上げている。

卵帯のような物が固まり着いた彼の体は、まるで白い衣を纏っているように見える。彼はブラフマーの創造と善神の祈りから生まれた巨人であり、名をプルシャ（人間の男）という。

彼の千の目で見られた盤古は目を逸《そ》らし左に目を移すと、両足で踏ん張りながら両肩に担《かつ》ぎ、両手で

「ウング、ウング」と押し上げる、全裸の白く輝く巨人がいる。彼の名は解らず、盤古はウングと呼ぶことにした。

　彼がウングを眺めていると、ウングの右側が持ち上がって分かれた亀裂の先にも、屈強な巨人が生まれる。アマンチューとその兄弟のシネリキヨだ。彼らは青い腰布一枚巻いて、上半身ムキムキの大男だ。その目の前の亀裂をどんどん持ち上げていく。

　ウングの左側に眼を移すと、土気色したブス（腰布）を巻いた中年の巨人が、盤古とウングが持ち上げて作った亀裂を広げている。彼の名をマンザシリといった。

　目の前を見ると、中年で凛々しく意志の強そうな眼をした巨人が、上半身は裸で薄皮作りの物であろう腰布を巻き、頭上の重荷を必死に支えている。彼の名は、グメイヤという。

　その前には、手元足元が未だに柔らかく固まりきらないグミのような半固形状の物を、纏った白い薄衣を腰紐《こしひも》で結んだ中年の巨人が、手足で捕えて押し上げている。未だに硬化しない所は糸のように垂れ下がり、まるで蜘蛛《くも》の巣の中に居るように見えた。彼の名をウシャという。

　その隣には白い薄衣を纏い、頭の上の重くなった個体を持ち上げる中年の巨人がいる。少し押し上げては平らな石を挟むことを繰り返しながら、徐々に重くなった個体を上へ上へと押し上げて行く。彼の名をコト（オントレイ・玉皇）という。

　その先には、上半身は裸で白い腰布を巻き固まりながら重くなっていく液体を持ち上げる長髪の若い巨人と彼に付き従う尻羽が長く赤に黄に美しき鳥と白のテルノ（薄衣）を纏って彼のサポートをしながら固まっていく液体を更に踏み固める長髪の若い女巨人がいる。彼らの名は、バトハラにティグママヌカンとディワータといった。

　更に遠く目を凝らしながら奥を見ると、貝のように閉ざされたテ・ポー（暗闇の世界）から、母親のパパを踏みしめ手を蝶番《ちょうつがい》のように握り締めて別れを嫌がる父親のランギを担ぎ上げる、筋骨隆々でグラススカート（長い草で編んだ簾《のれん》のような物）を巻いた若い巨人が見える。彼の名をタンガロアという。

　彼を見ていると、彼の左側が急にザワザワし始めた。どうしてザワついているのか気になりその方向に目を移すと、盤古の眼には影しか捉えられなかったが、光を放ちながら動いている者がいる。その強い生命の波動に、周囲の液体が反応しザワついているのだ。

　その影は二つに分かれるように言葉を語りかけているみたいだ。完全に分離させようとしているように見える。彼の名はカーネという。

　アマンチューとシネリキヨ・タンガロア・カーネらが、亀裂を大きくし更に下へ左へと広げていくと、下側には白い衣を纏ったバイアメが、足元が定まらない中亀裂を広げようと全身の力を絞り出している。左側にはあまりの大きさに立てず、四つん這いで移動する巨人がいる。

　彼は頭の羽飾りからエネルギーを得、何本もの紐が絡まり垂れたような腰蓑《こしみの》を付けている。暗闇の中、周囲の亀裂を上下に広げながらあちらこちらに歩き廻ると、更に亀裂を前後左右に大きく広げてゆく。彼の名を、ナルムクツエという。

　彼が卵の中腹辺りを過ぎ左に目を向けると、白い衣を汚しながら歯を食い縛り踏ん張る青年がいる。

彼の名をヤヤという。

前方に古衣を着て長い白髪と白髭を蓄えた賢《かしこ》そうな大男が見える。その大男は、亀裂を押し広げ更に亀裂を拡大させていく。彼の名は、ヴィラコチャといった。

更にその先にも、白い空気の塊のような物が見える。

ナルムクツェ・ヤヤ・ヴィラコチャらによって広がった亀裂が更に左へ下へと伸びていくと、亀裂の下側には空中から姿を現した凛々しき若者が天地を創ろうとしている。彼の名をンゲンといい。更に左側の先に白い衣を纏い体躯のよい巨人たちの姿が見える。キゼとウジだ。

卵の中で急成長した彼らはアンマの命を受けると卵を上下に割り始め、最初に空と大地を造り卵にヒビを入れたのだ。

やっと卵が割れると思った矢先、どんなに持ち上げても白身の一部で強力に引っ付いていて離れない。それは卵の下部に堀の深い顔をした全裸の男性が横たわり、その上に全裸で妖艶な女性が寝そべりお互いに肌を重ねると、「僕の目には、君しか映らない」「私の瞳には、貴方しか見えない」と囁《ささや》き合い、絡まるようにして抱き合っている。

彼らはシュウとテフヌトの子にして夫婦の、ゲブとヌトだ。

アトゥムはその様子を見て「これでは、星ができない!!」と怒りシュウとテフヌトを呼び出すと、彼らが片膝を着いて控え終わるや否や「お前たちの息子夫婦がイチャついていて、星ができない。いつまでもこの動・植物を、このままにしておく訳にもいかない。お前たちで息子夫婦を説得してこい!!」と命じた。

恐縮した彼らは頭を下げ、「畏《かしこ》まりました」と答えると、ゲブとヌトの所へ風の如く飛んでゆく。

我が子のもとに辿り着いた夫婦は、アトゥムに命じられた通りに説得を始めた。

テフヌトは彼らの近くに寄り、「ゲブ・ヌトよ、夫婦仲のよいことは大変に素晴らしいが、アトゥム様も困っています。ここは服を着て離れてくれないか」と優しく話しかけたが、彼らには聞こえないのか無視をしているかのように抱き合っている。

続けてシュウも、「お前たちが抱き合っていることで、動・植物が住めずにいるのだ。頼むから離れてくれないか」と問いかけた。

が、またまた無視をしているかのように抱き合っている。彼ら夫婦は二人の世界にドップリと填《は》まり、相手以外見えていないようだ。

シュウは段々と腹が立ってきてゲブ・ヌトの横に立ち二人の間に手を差し込むと、ヌトを持ち上げ始めた。

「ヌト!!」と叫び嫌がるゲブは手を伸ばして更に強く抱き着こうとするが、シュウは彼の胸板に足を置き手がまわるのを防ぎ二人の間に割って入り、ゲブを跨《また》ぐとヌトの体の下に入り両腕を伸ばし、力任せにヌトの体を押し上げてゆく。

嫌がるヌトは、「ゲブ!!」と叫び二人はお互いに腕を伸ばすが、少しずつ隙間ができている。

シュウが頭上まで彼女を持ち上げると、二人は永遠の別れに涙を流した。

その様子を見ていたヤハウェは星の誕生を確信し、余りにも暗く分かれた空間に「光あれ」と言うと、「まもなく昼と夜が現れ、やがて植物が地表を覆うだろう」と呟き、宇宙の彼方へ立ち去っていった。

パパとランギ・ゲブとヌトの二組の夫婦の流した涙は、雨となり降ると川となり流れる。卵の固まらない部分に溜《とど》まると海になり、固まった部分は陸となり、持ち上げられた卵は空になる。そして、陸と空の間に空気が流れるようになった。

卵の下部の固まり切らない大地は海のようにとても深く穏やかで、まるで慈母の大地（ガイヤ）のようであった。ガイヤの奥深く光の届かない巨大な暗黒がタルタロス（奈落）となり、天と地の上下に分かれた空間を闇（エレボス）が支配し、ヤハウェの置いた光に彼が照らされると、その影から夜（ニュクス）が生まれた。その他の空間を愛（エロス）が包んでいる。

宇宙からその奇跡を見たブラフマーやアトゥムたちは、「地（土）の玉から星が生まれた」と歓び合いその星を「地球」と名付け、冷静な二人を除いて歓びのあまりに歌い踊り狂った。ふと我に返ったブラフマーは大声で、「皆、大事なことを忘れとる」と上を指さす。

踊りをやめ皆の目線が一斉に上を向くと、「あっ」と声を上げる。ある者は頭を掻き、ある者は固まりながら上を眺めた。

ヴィシュヌとソックナングは、「やっと気付いたか」と言わんばかりの呆れ顔をしている。

そこには、動物や植物たちが浮いているのだ。

ソックナングは、タイオワに「綺麗な星が誕生しました」と報告すると、彼は「そうか。ご苦労であった」と労を労い、続けて「共に彼らとその星に行き、大地・海・空を創り生命を生み出し、秩序を与えよ」と命じた。

早速、誕生したての地球に動植物を移動させようと、ブラフマーは地よりツバメを、アトゥムはハヤブサを、ルドラはワシを、ソツクナングはタカを、ヴィシュヌは白鳥を抱き、最後に善神たちは各々に動植物を抱えると、ヤハウェの置いた光を目指し原始の地球に降りてゆく。

ビャクは、瞑想するスヴァヤムヴァを胸に抱き後を追い、ルオンノタルは「あー熱かった。私の玉の肌が台無しじゃない。地球か……、面白そう。何かあるかも？」と、彼らに付いてゆく。ウッコとイルマタルは、その娘の後ろ姿が見えなくなるまで見つめている。

リサとマウは、八柱の子たちに六番目に生まれたジョ（空気）を持たせ地球の環境を整えさせる役目を命じ、ダンバラウェドとアイドウェドを伴に付け彼らの後を追わせる。

ニャメとブムバも興味津々で後を追う。

すると、エウリュノメとオピオンも自分たちが生み出した地球が気になり、後を追うように降りてゆく。

ここまで、全てを見守ってきたロングコートの初老の男は白い顎鬚《あごひげ》を一度撫《な》でると、彼らを追ってできたばかりの地球へ降りてゆく。

彼の名をイル（原初の空・創造）という。

その様子を静かに最後まで見ていたヤハウェは、光の矢の如く何処かへ去ってしまった。

第三章　星の進化

地球は見渡す限り荒《すさ》んでいる。

空が低く黒みがかると辺りを薄暗く包み込み、雨が弛《たゆ》まず降り注ぐと濡れている大地はまだ至る所が柔らかで、その上を強風が縦横無尽《じゅうおうむじん》に吹き荒れている。

遠くに場違いな光が、流れ星のように横切っている。

ユートピアを想い描き動植物を抱えて此処までやって来た彼らの眼に、明らかに違う景色が写し出されていた。

その景色を見てダンバラウェドとアイドウェドは、彼らを守るために空中に蟠《とぐろ》を巻き、身を賭して雨を受け強風に耐えている。

ジョは掻き消えるように広がってゆき、ニャメはチャッカリ彼らに混じり雨宿り。

ブムバは自分の周囲に風船のように高密度の空気のような膜を形成し、その中で風雨を凌《しの》いでいる。

大蛇の苦痛に歪む顔を見た子供たちは「ここに居ては不味い」と思い、「もっと風や雨の緩やかな場所はないか？」と、風が吹き荒び大雨が容赦なく打ち付ける中、強行的な移動を開始する。ニャメやブムバも彼らと共に移動して行った。

「あー、こりゃ困ったことやのぉー。どうしたものかぁのー」と発するブラフマーの一言に、多分、皆が同じ気持ちだったのではないだろうか。善神たちも、雨風を凌げる大地の窪みを探し求めている。

ルドラはタカをヴィシュヌに預け進み出て「危ないから少し離れていろ」と善神たちを下がらせると、暴風を増して雷を起こし大地を穿《うが》った。彼らはその穴に、暫く人間や動植物を住まわせることにした。

オピオンはエウリュノメの周りをドームのように覆い、身を挺《てい》して彼女を護っている。

イルは何処かに姿を消し、ついて来たルオンノタルは「何なの？　これは!!」と、イラつきながら雨風を凌げる場所を探していた。

古の巨人

嵐の中、巨人たちが支える空は徐々に高くなっている。

至る所で空を支えるその光景は大小様々な柱の如く見え、神々しくも感じられた。

蔦のような物を纏った盤古（創造）の体を、風が葉をはためかせ横降りの雨が打ち付けている。体を流れる雨を気にもせず足は大地をしっかりと踏み締め、体を伸ばしながら空を押し上げてゆく。

徐々にやせ細っていく彼の眼には、他の巨人たちの姿が映っていた。

彼が隣のプルシャに恐る恐る目を向けると、両腕が小刻みにプルプルと震え千の眼に苦悶を浮かべている。倒れそうによろめく彼を「俺と一緒に頑張るんだ!!」と励まし、共々に空を支えてゆく。負けてはならんと、プルシャも両腕に力を込めた。

反対に目を移すと、ウングは「ウーングー、ウーンーグー」と苦しそうな声を出し、まるで重量上げのような姿で空を押し上げている。彼の体から発する白く輝く光は、雨に打たれているせいか淡く、遠くで光る電灯のように鈍い光を発していた。

その奥に眼を凝らすと、大粒の汗を掻き雨に打たれたアマンチュー（創造）とシネリキヨ（創造）が、目配せしながら空を押し上げている。

眩しい光に包まれたヤハウェは、そんな空を支える巨人たちを見つめながら、「天の下の水は一つ所に集まり、乾いた地が現れよ」と地球に命じた。

空が上がりきり安定すると、アマンチューはシネリキヨに「辛かったなぁ」と息も切れ切れに言うと、シネリキヨも汗を拭《ぬぐ》いながら「あー、しんどかったなぁ」と答える。

アマンチューが流れる水に足を一歩踏み出し泥濘《ぬかるみ》に足を取られると、転んだ先の硬い大地に頭をぶつけて動かなくなってしまう。シネリキヨがハッとして駆け付け「おい、大丈夫か」と揺さぶったが、ピクリともしなかった。

すると雨が止み晴れ渡った青空から、桃色の淡い薄衣に羽衣を纏い金の華のような髪飾りをした女性が、スッーとアマンチュー傍の水上に舞い降り、「あら、可哀想《かわいそう》なこと。儀式をして差し上げないと」と言い、シネリキヨに「危ないので、少し下がってください」と声をかけ祝詞《のりと》のような言葉を唱えると、天から光が差しアマンチューの体は土や石に変わってゆく。

シネリキヨはあまりにも驚いて「あぎじゃびよ!?」と叫ぶと、腰を抜かしてしゃがみ込んでしまった。彼女はそんなシネリキヨの傍に来て手を差し出すと、「ヤーサッサイ!!」と掛け声を発し彼が立つのを助けた。

彼が「にふぇーでーびる」とお礼を言うと、彼女は笑顔で「ぐぶりーさびたん」と返事をする。

彼は「ちゅらかーぎー（美人で可愛いな）」と思い、緊張しながら「私はシネリキコです。貴女のお名前は？」と片言で尋《たず》ねると、彼女は恥ずかしそうに「アマミキヨ（創造）」と名乗った。

彼女はこう続けた。

「私は、天帝に島造りを命ぜられ下界に降りようとしていたところ、天界からお二人の姿が見えましたので、この場所に来ました。アマンチューさんがお亡くなりになってしまい天帝にご相談申したところ、「アマンチューは身を削りこの世界を造った功労者である。彼の偉業を永遠に残してあげよう。アマミキヨよ。彼の体を持って島を造り彼の偉業を語り継げ」と申されました。彼女はシネリキヨの手を包み込むように握り、「私と一緒に島を造ってもらえませんか……」と。

彼は決意を込めた眼差《まなざ》しで、「俺がお前の生き証人になる。俺たちのことを語り継ぐ!!」と声を発し、彼女の手を優しく払うと彼との想い出に涙しながら、土や石で島を造り始める。

その姿を見た彼女は一筋の涙を流すと、彼の造った島に草木を植えた。

島を造り終えたシネリキヨは「一人では寂しかろう」と、周囲に兄弟の島を沢山造る。そして最後に彼女は、彼と共にアマンチューへ花を手向《たむ》けた。

大いに喜んだ天帝は二人を夫婦と認め祝福の光を送り、また祖神としてその地を任せることにした。

彼らの間に二男一女が誕生し、長男が領主に長女が祝女（ノロ）に次男が民の始祖になっていった。彼らは子供たちにアマンチューのことを語り継ぐようにと命じた（これが、今の沖縄諸島の原型になったという)。

その様子を千の眼で見たプルシャは、自分の宿命を悟りゆっくりと手を空から離すと、周囲の空気と雨を一緒に吸い込んでいる。吸込み過ぎて体がパンパンに膨れ上がると雨が止み、嘘のように空は青みがかっていた。

するといきなり大口を開け、雷鳴と共にインドラ(軍神・雷)を火球と共にアグニ(炎)を生み出すと、続けて焼け爛《ただ》れた口から百人の神官を吐き出している。鼻の穴からヴァーユ(空気・風)を生み、全ての眼から火を噴いて太陽を生んだ。両耳は真北と真南を指し方角を生むと太い両腕は二百人の屈強な武人を生み出した。心臓が体から飛び出て月となり両腿《もも》から三百人の職人・商人を、両足から四百人の労働者を生み出している。そしてバタリと倒れた彼の体から、草は生え山ができた(これが、今のインドの原型になったという)。

弱り果てて光が消えかかっているウング(創造)は、空が下がらないのを確認し両手を離すと、「腹が減って、力が入らない。なんか食い物はないか」と辺りを探したが、草木一本すら生えておらず見つけることができない。仕方がなく彼は「これなら食えるだろう」と、まだ固まらない大地を剥《は》ぎ取り、食べることにした。

彼が大地を食べ満足し暫くすると、腹からギュルルル・プシュー・ゴブッ・ゴポゴポと色んな音がし下腹が痛くなってくる。下痢になり痛みに耐えられなくなった彼が、大地に腰を屈《かが》めて排泄《はいせつ》をすると、便は堆《うずたか》く積み上がり白く輝く山(白頭山)となり、小便は二筋の流れ(鴨緑江・豆満江)となり大地を潤した。

腹を壊したウングは更に窶《やつ》れ、電球が切れるような強烈な光を放ちズッドーンと大きな音と共に倒れると、ピクリとも動かない。

亡くなった彼の体は大地となり、何処から現れたのか頭が空まで届くようなソルムンデ婆（創造）は、未だに所々低い空に腰を屈《かが》めながら、その土を裾《すそ》に入れて雨と流れる水の中運ぶと、島（済州島）を造った。激流に足を掬《すく》われた彼女は、起き上がろうと藻掻《もが》いたが水中で亡くなり、彼女の体は大地を形作ってゆく。

彼らの死は、沢山の動物と植物を育み育てる基となる。大地と空の隙間に突然光が走り、才色兼備な青年が青の上衣と黒の下衣（パジチョゴリ）を纏い現れる。彼の名をボンプリ（創造）という。

彼は永遠に天と地を引き離そうと、東西南北の四隅に銅柱を立て天地を別れさせてゆく。天から五色の光が差し込み雲に当たると、東雲は青・西雲は白・南雲は赤・北雲は黒色に見え、雲のない中央には黄色の光が差しウングとソルムンデ婆の亡骸《なきがら》を包むと、彼らの魂を雲のように天に引き上げる。天・空・地に巨大な白い三羽の鶏《にわとり》の鳴き声が響き渡り、雨が止み闇は晴れ地上に光が齎《もたら》された。

天界に昇った彼ら（ウング・ソルムンデ婆）の魂は、二人共に命を賭して大地を生み出した功績を称えられると若返り、ウングは天界の王ハヌニムにソルムンデは妃となった。

天を見上げていたボンプリが地に目を向けると、ピンクと白のチマチョゴリを纏い、胸元から黄のノリゲ（下げ飾り）を下げた見目麗しい女性がいる。

不思議に思った彼は彼女に近づくと、「私は天地王のボンプリと言います。貴女はここで何をしているのですか?」と尋ねた。すると彼女は、「私は天地の定まりで光が当たったので、大地より生まれたところです。名をメファ(梅の花)と言います」と答える。

彼らは海辺に座り込むと、二人を優しい潮風が包んだ。彼は彼女の甘い匂いに誘われたのか、聞かれてもいないのに自分が空と大地の子であること、銅の柱を立てこの世界を開いたことなど、今までの出来事を話している。興味を持った彼女も彼の話にのめり込み、色々と話をしていた。どの位話していたのだろう。彼は砂浜の砂を一掴みすると鳥の柄の艶《つや》やかな櫛《くし》に変え、彼女の髪にそっと挿してあげた。いつの間にか波の音も聞こえない程夢中になった二人を、闇はそっと包み隠している。

次の朝早くから、彼は筆を持ち何か書いている。書き終わると「地上は拓《ひら》けた。私はあと一つ事を成したら、天に戻らなくてはならない」という彼に、「帰したくない」と彼女は思ったが、「彼の邪魔をしてはいけない」と後ろ髪を引かれる思いで彼を送り出した。

ボンプリは膝を着き徐《おもむろ》に金の皿と銀の皿を持つと、「地上の代行者にして、我らとの橋渡しに相応しい者をお与えください」と天上に祈る。

するとハヌニム(天界の王)は、金の皿に金の虫を五匹、銀の皿に銀の虫を五匹落とした。金の虫が育つと人間(男)になり、銀の虫が育つと人間(女)になった。

人間にハヌニムの偉大さを伝えるように命じ更に色々な方法を教えた彼は、その後天に昇って行った。人間は夫々に番《つが》いになり、大地に満ちてゆく。

一夜の逢瀬で双子の兄弟を身籠ったメファは、テビョルワン（兄・創造）とソビョルワン（弟・創造）を生み、彼のことを忘れようと櫛を折ったが捨てられず、服を糸の束に戻すと筆と共に大切に仕舞い込む。そして息子たちを愛情深く育てた。

そしてハヌニム・ソルムンデ・ボンプリは、天界から全てを見守ることにした（これが、今の朝鮮半島の原型になったという）。

加速する進化

空を薄れゆく意識の中で支えているマンザシリ（創造）の眼には、アマンチュー・プルシャ・ウングの相次ぐ死が映し出されている。彼らの姿を見て、彼はこの地に眠る覚悟を決めた。

空を押し切りその場に留めると、彼の右目は太陽に左目は月へと変化し歯は星へと変化する。バランスを崩してドッドーンと倒れ込むと、彼の肉より大地が髪より草ができ、血管から樹木が血は水になった。背骨は鉄等の鉱物になり内臓は溶岩となり火を生んだ。

マンザシリの魂は天に留まり、天からテングリ（空の心）となり下界を見守ることにした。もっと間近で見たいと思った彼は白い雁《かり》になり青い海の上を飛んでいると、白い母（混沌）から「まだ完成ではない。ここに大地を創造せよ」と促された。

彼は自分一人では重いと考え人型になり、白いデール（手首や足首まで覆う服）を身に纏うと、天界で知り合った同じく白いデールを纏ったエルキシ（創造）に、白い母の話をする。

彼と共に「大地よ、浮上せよ」と心を一つにして願っていると、天地が分かれて生まれ出たバイウンガル（創造）やエセゲマラン（創造）たちも駆けつけ、共に創造に取りかかったがなかなか上手くいかない。

テングリがふと目線を外して遠くを眺めると、丘の上に白い薄衣を纏って足を組み瞑想する男性が目に止まる。彼は瞑想をしている男性の傍に行き、「我はテングリ。貴男の名は何というのか」と尋ねると、彼は「私の名はシャカムニです」と答えた。

その風貌に只者ではないと感じたテングリは、彼に相談をした。「我らは白い母より大地の創造を託されましたが、なかなか上手くいきません。どうしたらよいでしょうか」と。

それを聞いたシャカムニ（仏）は静かに眼を開くと、ホルモスダ（弟子）を呼び出した。ホルモスダは貴石を取り出すと一握りの黄色い土に変え掌に載せると、シャカムニの前に座り差し出した。彼はその土を掴み空中に散蒔《ばらま》くと、飛んでいった土が海上に落ち広がった。「今です」の彼の言葉に背中を押され彼らが必死に祈ると、彼らの目の前に大地が徐々に海から浮かび上ってくる。所々、ザザー・ザッパーンと、水の流れる音がしている。

大地が浮かび上がると、彼らは舞うように喜んだ。その地上の騒ぎに深海で目を覚ました大亀は怒って浮上し、騒ぎの原因である大地を端から食べ始める。

急に現れた大亀にテングリたちは驚き、驚き過ぎたエルキシは空から落ち大地に深く入り込む。彼は、黒いデールに身を包み黒い気を纏ったエルリックハン（冥府の王）になった。

更に驚いた彼らだが、それよりもせっかく創った大地を目の前で食べられている状況に愕然《がくぜん》としている。

再びシャカムニにテングリが相談すると、「大亀に話してみなさい。それでも駄目なら大亀で大地を治しなさい」と言われ、テングリは「大亀よ、聞いてくれ。なぜ大地を食らうのか？」「……」大亀は答えない。再び「大亀よ、大地を創ったばかりだ。止めてくれないか？」「……」大亀は答えずそのまま食べ続けている。

これは駄目だと悟った彼らは、大亀を殺すと祈りを捧げた。大亀の甲羅は山に体は大地に変わっていく。シャカムニは大地となった大亀を憐《あわ》れみ、魂を天へ昇らせた。

テングリたちは大地に草・木・花・動物等、色々な物（者）を創造する。大地が創造で潤っていくのを確認したテングリは、地上に降りると土を捏ねて粘土を造り、自分に似せて二体の像を造っている。一体は男、もう一体を女とし、そしてそれを、人間と名付けた。

よくできて感心した彼は、彼らに永遠の命を与えたいと思い立ち不死の水を取りに出かけようと、犬と猫に「人間を観ていてくれ」と護衛を頼んだ。

テングリが出かけたのを確認したエルリックハンが人間を見て、「こんな物を造っていたのか」と言い猫をミルクで誘き出し犬を肉で誘い出すと、像に放尿をする。

暫くして不死の泉から戻った彼は、事の顛末《てんまつ》を知り犬と猫に罰を与え、「猫は像を舐め綺麗にし、犬は自分の毛で拭きとれ」と命じた。

猫は像の上部を中心に舐め、尿がかかった下部は臭いを嫌がりあまり舐めなかった。犬は言われた通り体毛で拭いたが、頭を中心に体毛がいっぱい付いてしまった。

二匹が終わったことを告げると、彼は魂を吹き込み不死の水を与えたが、エルリックハンに汚されていたため、不死にならなかった。人間はテングリたちの活躍をそこに住む全てに伝えた（これが、今のモンゴルの原型になったという）。

体を伸ばし切った盤古は、細い蔓《つる》のように見える。空は留まり下がらなくなると、彼は静かに横たわった。周りの巨人たちの最後を見て、自分の命も残り少ないと感じ「有難う」と言うと、晴天の中でそよ風に吹かれながら眠りに着く。

彼が眠ると体が変化し始め、左目は太陽・右目は月になり息は風になった。声は雷になり頭と五体は五岳（泰山・衡山・嵩山・崋山・恒山）になった。脂肪は水のようになり血は河川や湖になった。髪や皮膚は大地となり草木が茂っている。

彼ら巨人たちの命を懸けた行動を傍で見たグメイヤ（創造）は、彼らの行動を心から讃嘆した。そして、彼は盤古の意志を継ぎ創造を始めた。

彼の目の前に何処まで大きいのか解らない程のサイに似た獣がいる。名を、リと言った。

天地を創造しようと考えた彼はリを捕まえると殺し、その皮を剥いで天を創り続いて肉を使い大地を創る。リの各部を使い動植物を創造し、最後に脳を使い人間を創った。

　このままでは天地が安定しないと思った彼は、リの足を東西南北に立て柱を創ると、大地を下から大亀に支えさせた。しかし大亀が動くので金鶏を大亀の見張りに付け、動いたら目を突かせる。

　金鶏が眠くなると、その隙に大亀が動き地震が発生するため、金鶏が眠らないように人間に大地へ米粒を撒かせることにする。そして天地が安定したのを確認すると盤古とリの魂と共に天界に昇り天界の王になり、地上を見守った。

　天帝となった盤古が天から地を見ていると、色々な動物が地表を駆けて行く。そして自分の代行として大地を管理する者を創ろうと天の気から伏羲（上半身男性で下半身は蛇）を地の気から女媧《じょか》（上半身女性で下半身が蛇）を生み出すと、地上に派遣した。

　派遣された彼らは、青い漢服を纏い透ける程薄い羽衣を身に着ける伏羲と、女媧は同じく緑の漢服に透ける程薄い羽衣を身に着けている。彼らは天が二度と落ちないように支える柱を四方に立てると、大地を整地して動植物の住み易い環境を整えていく。環境が整うと、女媧は池の傍《かたわ》らに蹲《うずくま》り黄色い土を捏ねて人を造り、大地に置くと動き始める。

　最初は一人ずつ人間を造っていたが、余りにも人口が増えないと考えた女媧は、紐を黄土に付けて振ることで、その落ちた雫から人間ができることに気付き、大量に人間を作り始めた。人の見栄えや身体的違いがあるのは、このためだ。

　伏羲はその誕生した人に、猛獣からの身の護り方や火の使い方など、生活全般の色々な方法や知恵を授けた。そして天地ができるまでの物語を語り天帝の偉業を伝えた（これが、今の中国の原型になったという）。

蜘蛛の巣を張ったような場所でウシャ（創造）は天地を支えている。お供のザルォとナルォに天と地を分離させ、太陽と月を造らせた。ウシャは天地が分かれると、手足を擦《す》り石の柱を地から天に向けて立て、更に手足を擦って汗を出すと、その汗から鳥や獣が生まれてゆく。やがて鴨を生み出すと、溝を掘るように命じ、そこから水が湧き出てきた。

彼はそこに植物を植えると、ザルォとナルォに管理させる。彼らはそこから十二ヶ月を見つけた。ウシャが瓢箪《ひょうたん》の種を撒き育てると、中から声がする。「私たちを外に出してくれた者に、まず穀物を食べさせよう」と。その声に雀と鼠が瓢箪を突き、割れた中から脇に羽が生えた人間のザディ（男）とナディ（女）が生まれた。

ウシャはザディとナディに、家の建て方・布の染め方・服の作り方・農具の作り方、狩りの仕方・種の植え方・米を搗《つ》いて餅を作る方法など、様々なことを教えた。

彼は続けて手足を擦ると銃のような物を造り、空中に向けて撃つと、白煙と黒煙が立ち上った。すかさず風を起こして雷雲を発生させると、木に雷を落とす。動物たちは木に付いた火をこぞって持ち帰り、遅れてしまった人間は手に入れることができなかった。

どうしても火が欲しい彼らは火をくれる動物を探したが、なかなか見つからない。ある日、人前に殆んど現れない鼠たちの中に人間の羽が欲しい者が現れ、「羽と交換なら火をあげよう」と交渉に来た。

彼らは交渉に応じ、羽と火を交換する。羽を得た鼠は歓び羽を付けて木の間を飛び回ると、モモンガと名乗った。

人間を増やそうと考えたウシャはザディとナディを結婚させると、子供が多く生まれる。彼は十二匹の動物（干支）を選ぶと子供たちの世話を任せた。ザディとナディは、ウシャの偉大さを歌にして子供たちに伝えていった（これが、今のラオスの原型になったという）。

空を支えるために地を固めては掘り固めては掘りを繰り返しているコト（創造）は、空を少しずつ持ち上げながら石を挟み込むように積み上げている。水に浸《つ》かった彼の足は大地を確《しっか》りと捉え、水面上に見える両腿《りょうもも》には厚く筋が浮かんでいる。盛り上がった肩には黒い長髪が掛かり、厚い胸には長い髭《ひげ》が揺れる。両の腕に浮き出る太い血管が、空の重さを物語っていた。

海から突き出ている柱はどんどん高くなり、霧を突き抜け雲を越し天まで届こうとしている。顔が雲を超え雲の上を見渡した彼が腕を伸ばして最後の一段を積み終えると、見上げても見えない程の天の柱が出来上がる。そして、天は留まり動かなくなった。

安定したのを確かめた彼は柱を壊し始め、最後の力を籠めて壊した破片を放り投げ始める。放り投げた破片は山・島・丘となり、大地を形成していく。彼の命の炎が燃え尽き「ドドドドーン」と轟音が鳴り渡り大地に倒れ込むと、「グラグラ」と大きな振動が起こった。

彼の体から体毛は草に肉は土になり、両目から太陽と月を生み、歯は星となった。骨は鉱物となり血は川となる。彼の体から創られた環境は、多くの生き物を生み育てた。

コトの魂は天に昇ると玉皇天帝《ぎょくこうてんてい》（創造）になり、若いサオ（星）・ソング・ヌイ（尾根）・ビエン（海）などに後事を託し彼らを見守ることにする。

その後、中国に炎帝神農（豊穣）が誕生し貉龍君《らくりゅうくん》（龍・英雄）が五十人を連れ移り住むまで、この土地に人は存在しなかった。

移り住んだ人々（貉龍君の子）は、この美しい土地を生み出した玉皇天帝を祀り敬ってゆく（これが、今のベトナムの原型になったという）。

重荷に耐えるバトハラ（創造）の腕には深い筋が浮かんでいる。彼は「ゼー、ゼー」と苦しい息を漏らしている。

ディワータ（豊穣）は彼の様子を見ながら彼の足元を踏み固め更に広げている。

彼はティグママヌカン（大鳥）に「この周囲を観てきてくれ」と命ずると、踏み固めて広がった小高い丘から大鳥は飛び立ち、低い空と海の間を飛んでいく。周囲には何も見当たらないが、遠くから何やら声のような音が聞こえる。大鳥が声のするほうに来ると、海中から生える大竹のような物を発見した。音のする節のような部分を突いて壊すと、中から人間の男性と女性が現れる。彼らの名は、マラカスとマガンダという。

早速背中に載せてバトハラの下まで戻って来ると、マガンダは産気付いた。どうやら竹のような中で妊娠していたようだ。ティグママヌカンは羽を広げ暖めてあげ、ディワータは彼らの手助けをしてあげた。

その甲斐もあり無事に出産すると、苛酷《かこく》な状況の中スクスクと育った子は周囲が驚く程の早さで立派な青年になった。彼は目鼻立ちが整った美男子で、海のような青い衣が被い草のような緑の腰布を纏っている。その青年の名を、マガウル（英雄）という。

バトハラの苦しそうな姿とあまりにも近い空と海に嘆《なげ》いたマガウルは一計を案じ、羽が青と緑で首と長い尻尾が赤い色鮮やかなサリマノク（大鳥）に姿を変え海に飛んで行き、「海よ、どうしてお前はそんな低い所に留まっているのだ。私の所まで届かないではないか!?」と煽《あお》る。怒った海は巨大な蟹《かに》のようになり波を荒立てサリマノク目掛けて一気に波を吹き上げたが、スッと躱《かわ》される。その繁吹《しぶ》きが空に当たると、空は嫌がり少し高度を上げた。

更に彼は「私に当たりもしないではないか、今度こそ私の所まで来てみろ!!」と煽り、空ギリギリまで高度を上げると、海は腹の底から激怒し一気に波を吹き上げる。その波をまたサリマノクがスーッと避けると、空に当った。

二度も当てられて怒った空は、大岩を海に投げ込むと天高く昇ってしまう。その大岩は、海面に当たり幾つかに割れて散らばった。

重い荷がいきなり軽くなり、バトハラは肩を回すと「フゥー」と深いため息をついた。

ディワータを呼び並び立つと、何もない景色を眺めている。その味気無さに彼は、「何も無いな」と当たり前のようなことを呟き、彼女も、「そうね」と答える。いつからか彼女は彼の肩に凭《もた》れかかり、彼らは甘い雰囲気に呑み込まれている。

その空気に当てられたティグマヌカンは顔を伏せ、サリマノクは目も当てられず、何処かに飛び去ってしまった。

彼女が「私が草木で大地を飾ります」と言うと、彼は「それは違うな。俺たちで……だな」と言い、手を取り合いながら二人で無機質《むきしつ》な世界を変えてゆく。

彼らが、膝を突き空に向かい共々に「子供が欲しい」と祈ると、眩しい光を放つ青年アラオ（太陽）と、煌びやかでありながら淑やかな女性ブアン（月）が現れた。彼らはお互いに魅かれ合い戯《たわむ》れ天空を駆け巡ったが、やがてアラオが「好きです」と告げると、ブアンは頬を赤く染め「好きよ」と答え、清らかな娘ハナン（朝の光）と星の乙女たちを得た。

ディワータが、海に浮かぶ大岩に草木を植え「大きく育ちなさい」と声を掛けると、大岩はみるみる変化してゆき島となり、その大地には花の冠を被った女性（メル）が宿り、土には工芸好きな女性（ベトティ）が宿ると、どんどん成長させ花を咲かせ木は森となった。

そこに彼らの子で陽気にいつも笑っている一つ目の巨人（ブギスギス）を住まわせ、同じく巨人夫婦（アンガロとアラン）も住んでいて、夫婦は跳び回る三姉妹の娘たちに苦戦をしている。

島の中でもまだ固まりきっていない部分にピナトゥボ山があり、バコバコ（海のように漂うタール・溶岩）が留まっている。山にはアスアンとクグランの兄弟やアプンマリャリャ・マラヤリ（地方の神々）が住み、サンメトロ山脈には卑怯な山の主との戦いに女神の守護で勝ち、山を護っている優しい巨人ベルナンドカルピオが住んでいる。

ミンダナオやサマールなど兄弟の島もアンガロとアランが形作り、バトハラとディリータが祝福を与えた。

また、彼らが島の周囲の気を集めて人型に造ると、そこに白い衣を纏う男性が現れた。彼は霊に携わる者で名はルマウィックという。

ディワータは目の前の土を掴むと掌《てのひら》に載せて、「ターシャ」と唱えるとベトティが小猿の姿を造りそこにバトハラが命を吹き込む。同じようにして彼らは、タマラウやビントロングなど多くの種類の動物を誕生させ、トラッドブル（音楽）がヘゲルンやバリンビンなどを奏でると、島は明るい雰囲気に活気付いてゆく。

バトハラは、サリマノクに変身して助けてくれたマガウルを島の王に任命した。任命されたマガウルは「私も助けられた者です」と返答し任を受けると、彼らの偉業を島中に伝えた。人々はバトハラを創世神として、ティグママヌカン（サリマノク）を幸運の鳥として、ディワータを地母神として祀《まつ》った（これが、今のフィリピンの原型になったという）。

南方の島々

タンガロア（創造）の力瘤《ちからこぶ》は盛り上がりランギを空高く持ち上げ、両親の涙を受けながら、彼は水中に立ち尽くしている。持ち上げた際貝のように結ばれていた指から外れ散らばった指輪は、太陽・月・星になり彼を照らすと、彼の体を流れる涙はキラキラと輝いている。

彼は空が下がってこないことを確認し手を放すと、今まで吊り上がっていた眉が下がる。周囲を見渡すと「俺の名はタンガロア。誰かいないかー!!」と呼んだが、風の音が返って来るだけだった。何もすることがなく一人海を歩いて行くと、目の前に見慣れない竹のような物が生えているのが見える。

彼は「一体何なんだ。あれは?」と不思議に思いそれに近づくと、両手で掴み力任せに引き抜く。すると、それは海の底に長い根を張っていて、ブチブチと音を立てながら抜けた。彼は根のついた竹のような物を持ち帰り、長い根を引き千切り先端に結び付ける。更に大地を毟《むし》り釣針を作り根の先に取り付けると、海に放り投げて釣りを始めた。

釣針が水中に落ち暫くすると大きな引きに喜んだ彼は、「オッ、これは大物だ」と引き上げてみたがなかなか引き上げられない。「コノヤロー」と力を籠め引っ張り上げると、ゴゴゴーという轟音と共に島が浮かんで来た。「何で?」という気持ちにもなったが、面白くなって釣りを続けると、彼は大小様々な島を次々に引き上げた。

釣りに飽きて再び自分以外の誰もいないのに耐えられなくなり孤独さを感じた彼は、自分の口から手を入れミニタンガロアを創った。分身が体の内部に入り自分の肉を持ち出し山(島)を造り、背骨を使って山脈を造った。更に内臓を引っ張り出すと雲を造り、血は川や湖になると、手足の爪を使い水中の生物に殻《から》と鱗《うろこ》を与えた。

まだ寂しい彼は自分以外の仲間が欲しいことに気付き、再度体に入っていくと兄弟たちを自分の姿に似せて創り始める。最初に脳からタネ（森の巨人）を創造すると、彼は植物の葉を頭に飾りグラススカート（植物で編んだ腰蓑《こしみの》）を着けて生まれ、次にツ（戦の巨人）を腹から創造すると、彼は両手に槍と盾を持ち、割れた腹筋をしていて腰には皮の服を着て生まれた。

その後にタウヒリ（風の巨人）を鼻から創造すると、彼は白い鳥の羽を頭に付け羽でできた腰蓑を着けて飛び出し、続いてロンゴ（耕作の巨人）を腰から創造すると、蔓《つる》でできた冠を被り蔓で編んだ腰蓑を着けて生まれた。更に、根で編んだような腰蓑を巻いたルアウ（地震の巨人）を脛《すね》から創造すると、最後に胸と腰に緑の葉の服を纏ったハウメア（地の女巨人）が足から生まれた。

彼は兄弟たちを創ると疲れてしまい、海に潜り少し休んだ。納得がいかないタウヒリは、父母を別れさせ創造を始めたことに激怒していた。癇癪《かんしゃく》を起こし大風を吹かせると、兄弟を散り散りに飛ばして去ってゆく。

タンガロアが地表に戻ってみると、また自分一人になっている。一人では大変だと感じた彼は、腕からトゥ（職人の巨人）を生み出し手伝ってもらうことにした。体毛から草木を生み出しその後に様々な動物を生み出すと、頭と腰の骨しか残らなかった。その頭の骨を使い空が落ちるのを防ぎ、腰の骨を使って島を強固にした。

彼らが出来上がった島を廻ると、蔓が腐敗しその上に蛆のように「うねうね」と動く生き物がいる。不思議に思った彼らは、その生き物に頭と心臓そして魂を吹き込むと人間となった。

湖は澄み渡り、太陽の光を浴びて水面がキラキラと光っている。その光の中にベールのように薄く水の如く揺らめく服を纏い、美しく優しめな女性が立っている。彼女の名はヒナという。

ヒナは、湖の周りを歩く初めて見る人間の男性に魅かれると、「私はヒナ。貴方は誰?」と問いかけた。

「私は人です。名をアカラナと言います」と答えた。

男性に興味を持ったヒナは湖で男性と過ごすうちに彼の誠実さに魅かれて、マウイ(半神半人の子)を儲けた。

マウイはスクスクと大きくなり、母から聞いたタンガロアの偉業を人間に伝えていった。

巨人タンガロアの魂は空に昇り、何もない空にも飽きてしまっていた。少し歩いた所(ボロツ)に座ると、釣りでもしようと雲の切れ間から釣り糸を垂らしたが、魚の反応がない。引き上げてみると、大地が引っ掛かり大岩が浮かびあがってくる。面白くなってしまった彼は、大小様々な岩を釣り上げて遊んだ。

彼は雲を二つ捻《ね》じ切ると人型にし、自分の魂を分けてツフンガとエツマタツプアという二人の息子を造った。早速息子たちを呼ぶと、タネの下に派遣しタネの育てた森から木を持って来させた。

徐に彼がナイフで木を削る姿に、息子たちは何を造るのかと興味津々《きょうみしんしん》に眺めている。すると彼は削り屑《けず》を今から海に撒くから、お前たちは「鳩になり飛んで行き、それらがどうなったかを、見て来てくれ」と言いつけた。

息子たちが鳩になり飛び立つと、削り屑を空にバラ撒いた。落ちて波に漂うと、大岩や小岩に流れ着き取り付いている。二匹の鳩は何も変化がなかったことを父に報告した。翌日もそのまた翌日も同じことを繰り返したが、削り屑が増えただけで、やはり同じ結果だった。

　しかしある日、削り屑が変化しとても美しい島になると、父に急いで報告する。

　それを聞いて彼は「そうか……」と満足そうに頷《うなず》くと、「それではこの蔓草《つるくさ》の種を咥《くわ》え島まで行き、植えて来てくれ」と言った。息子たちは言われた通りに咥えると、島に植えてゆく。蔓草はあっという間に島を覆う程に伸びると、息子たちは「他の島にも増やそう」と、蔓草を嘴《くちばし》で強く強引に引っ張ると、根から半分に切れてみるみる腐り始めてしまっている。

　息子たちは驚き、急いで父に報告すると、それを聞いた父は笑いながら「今度はもっと驚くぞ、もう一度腐った根っこの辺りをよく見てごらん」と言う。

　言われた通りに島に行きもう一度よく見ると、そこには大きくて美味しそうな白い虫が這《は》っている。鳩の本能で二匹は虫を啄《ついば》むと二つにちぎれ、頭のほうからコハイ（人間）・尻のほうからクアオ（人間）嘴の中の胴からモモ（人間）が生まれた。

　息子たちは更に驚いて父に報告に行くと、それを聞いたタンガロアは喜び、この島をエウエイキ（現在のエウア島）と名付け、最初に人間が住む島になった。

　タンガロアは時々下界に降りては、散策しながら色々と観て廻っていた。ある日ウロウロと歩き廻っていると、イラヘバ（美）という赤いトゥペヌ（巻きスカート）にキエキエ（腰に巻く簾のような装身具）を纏ったとても美しい娘と出会った。彼女のあまりの美しさに一目惚れした彼は、天上に戻っても彼女のことばかり考えている。

この頃になると彼にも奥さんがいたが、目を盗んで下界に下ると彼女に会いに行く。やがて二人が惹かれ合うようになると彼女は子を身籠り、丁度奥さんの目が厳しくなったタンガロアは、彼女と段々と会えなくなっていった。

彼女がアホエイ（英雄）を産むと、彼はどんどんと美しくも逞《たくま》しい若者に成長していき、ある日母に、「天上に行き、父さんに会ってみたい」と打ち明けた。

イラヘバは天上への道のりは遠く険《けわ》しいことは解っていたが、息子の想いを大切に思うと細心の注意を与え「気を付けて行っておいで」と送り出した。母の忠告を守りながら天上を目指して歩き続けた彼は、長い旅路の末に、天界へ辿り着いた。

ところが天上で彼の様子をずっと見ていたツフンガとエツマタツプアは、父が浮気相手のこの美しい彼を歓迎するのが目に見えて面白くない。彼が天界に着くや否やバラバラに切り殺し、頭を藪《やぶ》に捨ててしまった。

息子たちのその非道な行為を知った父タンガロアは、息子たちに頭や体を拾いに行かせる。彼らが全部拾い集めるとカバ酒を満たした器に入れさせ、一晩中器の周りに護衛で立たせた。すると明け方、器の中からアホエイがスクッと立ち元通りになっている。

そこに現れたタンガロアは「アホエイは平和と友好の目的で天上に来た。それなのにお前たちは、彼のことを嫉妬《しっと》の目でしか見なかった。お前たちは地上に降りて、彼に仕えるのだ。アホエイとその孫が、島の王として永久に統治する」と厳《おごそ》かに宣言をした。

王となった彼は、父の偉大さを島民全てに伝え切ってゆく。

マウイは優しく逞しい青年になっていた。お祖母ちゃんは体調を崩し寝込んでいたが、お祖母ちゃんのもとに行き甲斐甲斐しくお世話をしている。魔術に秀でたお祖母ちゃんが臨終の際に枕元に彼を呼ぶと、「お前は本当に優しい子だ。この魔法の釣針を上げよう」と釣針をもらう。

早速遠くの海まで飛び出し釣りを楽しんでいると、物凄く大きな魚を釣り上げた。マウイがよく目を凝らして見ると、それは魚ではなく島だった。

その島が豊かになってゆくと、その島の一番大きなカウヴァンドラ山にトゥルカワ（大鷹）とデゲイ（大蛇）夫婦が暮らし始めた。決して仲が悪い訳ではなく逆に仲が良すぎる程だったが、生活のし易さからなのかトゥルカワは山頂の木に巣を作り、デゲイは中腹の洞窟に住んでいる。

トゥルカワが羽を動かすと大風になり、デゲイの鱗は太陽のように眩しかったので洞窟から出ると朝になった。又、洞窟内で体を捻《ひね》るだけで、地震が発生した。その雄大さに根の一族ロウ・ヴの長老は彼女を族長とした。

彼女の息子ロコモウトゥ（大蛇）は母から「島を造りなさい」と命を受け、海底の土を削りとり沢山の島を造っている。トゥルカワとの間に身籠った彼女は、洞窟で卵を産み温める。その卵の中から長男ロコラ・長女ウト・次男カウサムバリアなど沢山の人が生まれると、ヤム芋などを子らに与え、火の作り方など様々な技術や知恵を授けた。

トゥルカワが巣に戻り中を覗くと、見慣れない卵がある。誰かに托卵《たくらん》されたのだろうと思い、足で掴んで巣外に捨てると、山を転がり木の根に引っ掛かっている。

デゲイが山中を這い回っていると目の前にロウ・ヴの長老が現れ、指差しながら「あの木の根に、卵が引っ掛かっておる」と教えて消えていった。彼女は「可哀想に……」と呟き卵を拾い上げ飲み込むと、洞窟に持ち帰り温め始めた。

どの位温めていたのだろう。卵の殻にヒビが入り割れた中から人が現れた。男性のティルと女性のヒナだ。彼女は自分の子として、彼らも分け隔てなく育てた（他の島では、人が実のようになる木もあるという）。

ロコラとカウサムバリアが成長して大人になると、彼女はロコモウトゥが造った島々を彼らに統治させることにし、船大工の技術を持たせて送り出した（これが、今のポリネシア・トンガ・フィジー各諸島の原型になったという）。

ランギとの別れにあれ程涙したパパだが、いつまでも泣き続けるランギに、愛想を尽かしていた。事実上天地に別れてしまい、離婚しているのだ。

そんな折に、新しい恋人ができた。スッキリ切り揃えられた髪に凛々しい眼、褐色の肌に白い薄衣が映える見目麗《みめうるわ》しい青年が、青い海上に立っている。疚《やま》しくは無いが、パパはランギに解らないように彼のもとへ通っているのだ。彼の名はワケア（空）と言う。

ランギに解らないように、彼に誘われ青く澄んだ北の海まで来ると、「まあ、綺麗ね」と感激するパパに、彼が「パパ、私はこの世界が無くなっても想い続ける程、君を愛している」と言う。

彼女は頬を赤らめながら「私も……」と答えると、続けて彼は、「私と結婚してもらえませんか？」と尋《たず》ねた。彼女が「はい、私で良ければ」と答えると、彼は「君じゃなきゃ駄目なんだ」と彼女に熱いキスをする。

すっかり北の青い海を気に入った彼らは、定住すると子供（島）を作った。やがてパパは身籠り、大きな子（ハワイ島）を産んだ。

出産後パパはまたすぐに妊娠し、辛い悪阻と陣痛を乗り越えると、三人の子（マウイ島・カホオラヴェ島・その間の小さいモロキニ島）を産み落とした。四人の子の母となり、パパは暫く故郷のタヒチに里帰りすると、ワケアの浮気の虫が騒ぎ始める。

妻のいないことをよいことにカウラという女性と楽しんだ結果、カウラは身籠り子（ラナイ島）を出産した。彼の浮気はそれだけでは収まらず、海をプカプカと漂っている美しい女性ヒナ（水）を発見すると、掬い上げて夫婦になった。ヒナが妊娠し産気着くと、子（モロカイ島）を産んだ。

ワケアが美女たちと浮気していることを、長女のマナカオカハイ（海と水）から聞いたハウメア（大地・出産）は、母のパパに告げ口すると彼女は激怒し、「あのスケ×××、×××××よ!!」と罵り、怒りと嫉妬に燃えてタヒチより戻ると、仕返し（当て付け？）のつもりなのか、酋長《しゅうちょう》のルア（人間）と暮らし始め、程なくして子（オワフ島）が産まれた。

ワケアは自分のしたことに後悔し、パパも何処か虚しさを感じている。彼らは会って話をすると打ち解け合い、お互いに「悪かった」と謝り元の鞘《さや》に納まった。その後も、沢山の子（カウアイ島・その北上にあるニイハウ島・レフア島・カウラ島・ニホア島）を儲けた。

やがて彼らに娘のホオが生まれ成長すると、よりにもよって娘に魅かれたワケアは、美しく育ったホオに恋をした。ホオは長男（ハロアカ）を身籠《みご》り出産したが、残念ながら死産だった。ホオが丁寧に埋葬してあげると、そこからタロイモが生まれてくる。暫くすると長女（ハロア）を身籠り出産する。

ハロアは、兄（タロイモ）と親戚（島）をこよなく愛し大切にした。すると、島が段々と繁栄し人間の祖となってゆく。人々は子孫にタロイモと島は祖先であると話し、「マラマ・アイナ」という精神を伝えてゆく。

カーネは彼らの島産みや人間の誕生には最大の敬意を払っていたが、本来上に居るはずのワケアが地上に近過ぎることを憂《うれ》う。光も入らず薄暗い中にいるハロアも困っているだろうと思うと、「地上を発展させないと」と呟《つぶや》いた。

彼は、海辺で愛の言葉を交わし絡み合うように抱き合う彼らに、「このままでは、貴方たちの子（島）が成長できません。貴方たちの孫（タロイモ・ハロア）も困っています。どうか離れていただきたい」とお願いした。

彼らも解っているようだが、どうしても離れられないでいる。仕方がないと感じた彼は祭壇を整え、「私は願います。天地の別れることを。私は誓います。島に命の溢れることを」と祈り呪文を唱えると、パパの体を下に押し付けワケアの体が持ち上がり彼らの間が割れ始めてくる。

泣きながら嫌がりお互いに手を伸ばした形は、まるでヒョウタンのようだった。彼らが分かれ完全にワケア（空）が上がりきると、空の陰に隠れていた太陽と月、そして星が顔を現した。

やっと目の前が開けて、目を閉じ深い溜息《ためいき》をついた。カーネが目を開けると、自分の目先に奴らが並んで立っている。

クー（維持・戦い）は、黒の長髪を束ね意志の強さを感じさせる眼光、獣の牙の首飾りに厚い胸板、褐色《かっしょく》の肌にオレンジの腰布を巻いていた。

ロノ（農耕・豊穣）は、黄色い髪に優しい瞳、緑の葉の首飾りにスラリとした肢体、褐色の肌に緑の腰布を巻いている。

カナロア（海）は、青の長髪に青く澄んだ眼、貝の首飾りに均整のとれた肢体、褐色の肌に青の腰布を巻いている。

「やっと来たか」とカーネが言うと、「お前のお手並みを拝見していたのさ」とクーは軽口を叩いた。

彼らは天地が別れたのを見て、島の創造をするために彼の元に集まったのだ。

彼らは協力して創造に取り掛かると、カーネは地上の動物を創造し始める。カナロアは海の動物を、クーは森の植物を、ロノは動物が食べることができる植物を創造し始めた。ワケアと別れたヒナがクーと結婚すると、カーネは太陽の管理をクーに月の管理をヒナに任せることにした（これが、今のハワイ諸島の原型になったという）。

南方の大国

天と地の間にあって天地を分けている巨人バイアメは、まだ固まり切らない大地を踏みつけると、力を込めて空を押し上げ、世界を創造してゆく。彼の体を流れる雨は汗と混じり、滝のような音を立てて大地を叩いている。

彼の創った大地に沿い流れ出すと川となり、低地に溜まると湖となった。彼が天地を分け切ると、厚く垂れこめた雲の切れ間から光が差し込み、雨は静かに降るのを止めた。

ンガルヨッドが宮殿を造り天の国を管理すると、両性具有のンガルヨッドはディルガ（創造・男性）・ワンジナ（創造・女性）・ウリウプラニリ（創造・男性）・ビラ（太陽・女性）・バール（月・男性）・ジャンガウル（雷・雨）・クナピピ（地母）・イピリヤ（巨大ヤモリ・雨期）等様々な者を生み出す。

生まれて直ぐにワンジナ・ビラ・バールは天空に登り、ワンジナは天の川（ワランガンダ）となり、大地を照らした。エインガナが移動する度、地は凹み高低差ができる。高い部分は山となり窪んだ部分は谷となった。

そのより強固になった地面を割り巨大な一匹のウングッド（雄蛇・虹・創造）が現れ、夜毎にワランガンダと意志を通わせると、夢を通して地上を創造してゆく。

彼らが地上に創った岩・木・川・鳥・動物・人など、ありとあらゆる物をエインガナは飲み込み進む。彼女の腹に入った物は皆再生され独自の役割を与えられる。相変わらず、彼女の通った後は山と谷しか残らない。

バイアメは下界が心配になると、バルライヤ（仙人・文化）を創造した。そして彼が地上を歩き、より彼が身近に感じた物を調査し報告するように命じた。東から西へ調査の最中何度かユインガナの苦しそうな声を聞いたバルライヤは、「これは何の音なのか？　何かあったのか？」と思いながら調査を進めていた。

ある日、地表の物を全て飲み込んだエインガナは、バンブークリークの水場ガイエイグングまで来ると、水中に入り水に浮かび出産を始める。

膣《ちつ》を持たない彼女は、今にも生まれそうな陣痛に苦しんだが、産むことができずに更に沼田《のた》打《う》ち回っている。

苦痛に叫ぶ声を聞いたバルライヤは急いでガイエイグングまで駆け付けると、エインガナが沼田打ち回っている姿に事情を察し、出産に必要な個所を見定めアトラトル（手持ちの投槍器）に槍を番えると、肛門の手前を目掛けて射った。

射られた槍傷の穴から血と共に、ボロング（虹蛇）・ユルルングル（虹蛇）・地表・草・岩・木・川・魚・鳥・動物・人（ワワラク兄弟・ワウィラク姉妹を含む）・イエロ（赤ひげの巨大ウナギ）・ガルバン（尾長オオトカゲ）などを産み、最後にカンダグン（ディンゴ・狼）が産まれた。

カンダグンに追い掛け回された鳥・カンガルー・エミュー・オオコウモリ・ハリネズミらは、各々散りぢりに逃げてゆく。

エインガナは息も荒くバルライヤのもとまで来て「ありがとう」と言い、彼らは抱擁《ほうよう》を交わすと、彼女は湖の底に潜り暫しの休みを取った。

天空から地上の誕生を見たディルガは沢山の物を創造し、地上の生物が生活し易い環境を更に整えてゆく。ユルルングルは、ミルリアナの泉の底で眠っている。虹色に輝く泉の近くまで来たワウィラク姉妹は、妊娠している姉が誤って泉に血を垂《た》らしてしまうと、その血の匂いに目を覚ましたユルルングルは、水面に浮上し始める。

彼の大きな体は水を押し退け洪水を引き起こすと、溺れる姉妹を助けようとした彼は誤って呑み込んでしまう。

虹蛇仲間にも黙っていた彼だったが、近づいた蛇に「最近のお前は、人間臭くないか?」と詰め寄られた彼は、「姉妹を呑み込んでしまった」と告白し、彼らを吐き出すと誓った。

彼は蟻塚まで移動し吐き出したが、姉妹と産まれた子供は既に息をしていない。思案に暮れていると、彼の持っていた魔法のディジュリドゥ（ユーカリから作られる笛）が独りでに鳴り出し巣穴から出て来た緑の蟻たちが姉妹らを噛むと、直ぐに彼らは息を吹き返した（その経験からアボリジナルの男性の成人の儀式には、嘔吐《おうと》する儀礼もあるという）。

ビラは、地上スレスレに留まり食人を繰り返している。彼女は、周囲の者を炎で炙《あぶ》り焼きにして食している。彼女の行いを恐れる者は多く、デュラウォング（トカゲ男）もその内の一人だ。彼が地上を歩いていると、いつものように彼女は獲物を探し回り炙り殺しにやって来た。堪忍袋《かんにんぶくろ》の緒が切れた彼は、ビラを捕まえると思い切り空中に投げつける。落ちて来た彼女を巨大なブーメランで捉えると、彼女はブーメランと共に東から西に現れるようになる。夜が訪れ、バール（月）が姿を現わすようになった（その経験から一部のアボリジナルでは彼の勇敢な行動を称え、子孫のオオトカゲやヤモリを崇拝《すうはい》するという）。

ウリウプラニリは火を創造しワワラク兄弟に授けると、人間は文化的な生活をするようになってゆく。最初、人間は洞窟に住み狩りを覚えて火を使い調理すると、エインガナや自分に関わることや者などを壁画に残す。続いて、平地に下り集落を形成し定住するようになり出すと、バルライヤは各集落を周り人々に農業を教えてゆく。

彼の豊富な知恵と卓越したリーダーシップは殆どの村で受け入れられ、各集落の人々の生活は満たされ文化が発展してゆく。

ある日、彼がある村を訪れた際、村人は背が高く異端な彼の姿を訝しがり石を投げつけた。彼は飛んで来た石を青いマントで弾き返すと村人は尚更怖くなり、槍で彼を殺そうとする。

ここでは教えられないと感じた彼は、バルライヤウィム（バルライヤが創造された場所）まで戻りバイアメに報告を済ますと、カワセミに姿を変え何処かに飛んで行ってしまった。

バイアメはビラングヌル（エミューの女王）を妻に迎えると、息子ダラマラン（エミューの王子）を儲けた。彼は動物の言葉に明るく、自然界を安定に導いてゆく。更に二人の男と一人の女を創造した。彼は人に食べられる植物を教え、妻と共に地上を去った。

暫くすると旱魃《かんばつ》が起こり彼らは飢え始める。食料を求め一人の男は女と動物を狩り食べた。もう一人の男は食べ物を口にせずユーカリの大木の下で死んだ。

二人の男女はもう一人の男の行方を捜すと、ユーカリの根元で倒れている彼を見つける。そして彼の傍に立つ黒い人影（死の精霊ヨウィ）も……。

ヨウィは彼の死体をユーカリの洞に入れ込み、何やら呪文のような物を唱えている。

その様子を隠れて視ていた彼らだが、彼らの気配を感じたヨウィに睨まれバタンインコに姿を変えられると、空へ飛び立った。

死者の男の魂は、ユーカリと一緒に天に送られ天の川の近くに根を下ろした。段々と木が見えなくなると木陰から青白い四つ目（ヨウィの両目と男の両目）が現れヤラアーンドゥー（南十字星）を模《かたど》り、二羽のインコはムーイーと呼ばれ南十字星の近くで瞬《またた》いている（これが起源となり死者の魂は天に帰ることとなる）。

ジャンガウルが恵の雨を贈ると育った稲は黄金の輝きを放ち、土地が豊穣になり動物と人間が共存すると、天地は全てを育んでいった。

これが今のオーストラリアの原型になってゆく。アボリジナルはこの創造をドリームタイムと言い、今も大切に継承している。

大陸の創造

地上がまだ緩《ゆる》く空が地上に立ち込めている。体の大きいナルムクツェは立てず、四足歩行で空を押し広げると、彼は切り裂くように進んでゆく。彼の頭にある白い羽飾りは光り輝き、暗闇に希望の光を灯しているようだ。彼が通った後に大地ができ、彼が通った後に天ができる。

何処までも一人で進む暗闇と、グチャグチャと音を立てる大地の泥濘《ぬかるみ》に、「何故私は進むのか？」と問うと嫌になることも多かったが、彼は、「この場でこのように生きることが、自分の使命だ!!」と自分を奮い立たせながら、前へ前へと歩みを進める。何故なら、この暗闇の向こうに、光（希望）があると信じているからだ。

彼が踏み固めた後は、固い所は山となり軟らかい所は池や谷になってゆく。最初に彼は、北に空を押し広げて行く。彼の目の前はほぼ暗闇しか無かったが、自分を鼓舞しながら進んでゆく。偶《たま》に見つける珍しい物には名を付け、小高い丘をデナリと呼び流れ始めた川にマッケンジーなどと名付けた。

北の大地がほぼできあがり、名前を付けながら東西に広げていくと、落差のある渓谷にナイアガラと名付け更に深い渓谷をグランドキャニオンと呼んだ。

彼が小高い山脈（ロッキー山脈）の麓《ふもと》まで来ると、まだ天地が完全に離れない中一人立つ青年に出会った。タイオワに「創造せよ」と命じられたソツクナングだ。彼は空間に浮かぶ物質を組み合わせ又は変化させて、大地と海そして空気を創った。

空が高くなったのを確認し続いて生命を生み出す手助けとして黒と黄の柄を持つ蜘蛛女を創ると、コクヤングティと名前を与えた。

名前を与えられた彼女が目を覚ますと、「何故、私はここに居るのですか？」と、ソツクナングに尋ねた。すると彼は周囲を見渡すように促し、「ここは全て満たされているが、一つだけ足りないものがある。それは生命だ。喜ばしい動きと音がない。音と動きがない生命などあろうか？　我々は、ここに生命を誕生させようとしている。貴女は、我々の創造を手助けする力と、更に、全てのものを祝福する愛も知恵も知識も与えられている。それがここに居る理由です」と答えた。

納得した彼女は創造の知恵の糸で白いケープを編み、土を取ってはツチュバラ（唾液）と混ぜ固めて二つの人型を模《かたど》ると、そのケープを上に掛けて、創造の歌を歌う。すると、ケープの下で動く者がいる。ケープを持ち上げてみると、双子がいた。

一人は皮で作られたオレンジのヘアーバンドとリストバンドに白い筋と何かをイメージした独特のマークを付け、袖や裾など衣の端に白い筋が入ったオレンジの民族衣装のような服に身を包み、オレンジの革靴にも白い線が入っている目がクリクリの可愛らしい少年だ。もう一人は身なりも外観もソックリだが、オレンジの部分が全て緑だった。

二人は並び立ち上がると声を揃えて、「私たちは何者ですか？　どうして此処に居るのですか？」と尋ねた。コクヤングティはオレンジの兄を見ると、「貴方はポカングホヤ。貴方の使命は生命の芽生えに、形作ると共に秩序（動き）を与えなさい」と言い、緑の弟に目を向けて、「貴方はパロンガウホヤ。兄が造った生命に秩序（音）を与え、何処にいても解るように声を届けなさい。貴方は『こだま』と呼ばれるでしょう」と告げた。

ソックナングは二人を見つめながら、「私はソックナング。お前たちの叔父である。ここに動きと音を満ちさせよ」と命じ、旅の無事を祈った。

「解りました。見ていてください」と答えた双子の兄弟は、共にできたばかりの世界に飛び出し、兄は飛び回りながら大地を固めると土が動き出し、コクヤングティはその土で形を造っては、白いケープを掛け創造の歌を歌い、動植物等あらゆる生命を生むと名前を与えた。

弟も飛び回りながらコクヤングティと兄の生み出した生命に相応しい音を与え、又、地に海に空に生命が満ち広がると、その声を共鳴させ宇宙の叔父に届けた。

地球から届いた生命のハーモニーを聞き生命を見て大いなる力を感じた彼の心は震え、「叔父よ、地球からの響きをお聴きください。又、地球の様子をご覧ください。貴方の大姪孫《だいてっそん》たちが成し遂げたことです」と報告すると、タイオワは「素晴らしい音色と景色だ。よくやってくれた」と感嘆し、ソックナングたちを褒め労った。

しかし、暫くすると「一つ足りない」と呟く。その呟きを聞いたソックナングは「何が足りないのですか？」と尋ねると、「我々の言葉を、直接受け取れる者がいない。私の創造は、それを持って完了とする」と言う。

それを聞き彼は「納得致しました。早速、人間を創造致します」と述べ、その場を去った。蜘蛛女は双子を呼び戻し、「二人で協力して地球を回しなさい。ポカングホヤは北極に行き更なる大地の固定を、パロンガウホヤは南極に行き空気の循環をし、これからも地軸を通して宇宙に生命の息吹を響かせなさい」と、新しい使命を与えた。

双子は、「兄さん、元気で」「ああ、お前も元気でな」と別れを惜しむと固く抱き合い、夫々に北と南へ飛んでいく。

その直後、ドーンと雷が落ちるような音と共にコクヤングティの前に現れたソックナングは、「叔父は、素晴らしい音色と景色だと絶賛している。本当にご苦労であった。しかし、一つ足りないと言い、人間を創って創造の完了にする」と言っていると、彼女に伝えた。そして言葉を継いで、「人間を創造せよ」と命じた。

命じられた彼女は最初の人間造りに取り掛かり、赤・黄・白・黒の土を集めるとツチュバラと混ぜ、其々四つの人型に形取り、白いケープで覆い創造の歌を歌った。

歌が終わるとケープを揺らす者がいる。静かに白いケープを外すと、ソックナングそっくりの四人の男たちが、赤・黄・白・黒を基調にした色鮮やかな民族衣装を纏いそこにいる。

続いて彼女は、私が人間ならばと自分に似せて人型に造形し白いケープで覆い創造の歌を響かせる。するとケープの下からコクヤングティにそっくりの四人の女たちが、同じく赤・黄・白・黒を基調にした色鮮やかな民族衣装を纏い現れる。

そして女たちは、其々パートナーの男の傍らに立った（人間創成第一期）。

生まれたばかりの人間の頭頂部は、柔らかく湿っている部分がある。彼女は生命の息吹を、そこへ吹き込んだ（人間創成第二期）。

タイオワは地球の様子が気になり顔を近づけて覗き込むと、あまりにも熱い熱で人間の頭頂部は乾き固まった（人間創成第三期）。

三段階を経て誕生した人間に、彼女は「あれが創造主のタイオワ様です」と赤々と燃える太陽に手を差し出して人間に教えたが、人々は静かに太陽を仰ぎ見ているのみだ。

彼女は続けて、「タイオワ様の創造により生を得たのです。御心に従うように」と諭したが、「…………」誰も言葉を発しない。浮かない顔をして彼女が人間に近づくと、彼らは口を持っていたが理解せず、しかも、言語も持っていなかった。

問題だと感じた彼女は、早速、パロンガウホヤを呼び出し、「貴方の叔父へ、早急に来て欲しいと伝えて」と言付けた。

命を受けた彼は南極に戻ると地軸を共鳴させ、宇宙に交信しソツクナングに伝言を届けた。その言葉を受け取った彼は、急いで地球のコクヤングティの所へ向かった。

またまた、ドーンと雷が落ちるような音と共に彼女の前に現れたソツクナングは「何があったのだ」と問うと、彼女は「仰せのままに四種の人間を造りました。しかし、言葉を発さず会話ができません。

そこで、話す力を与えていただきたいのです。そして、彼らが生きることを楽しみ、地上に満ち、創造主に感謝を捧げられるよう、知恵と生殖力も与えていただきたいのです」と答えた。

ソックナングは四種の人間に近づくと四種の言語を教え、知恵と生殖能力を与えた。

知恵を授かった彼らは大地が自分と同じ生き物であることを知り、動物が食む草や自分たちが食べるトウモロコシは母の乳であると理解した。又、動植物は兄弟であり、意識の世界で話すことができることを知った。

ソックナングは、叔父についてこう告げた。「私は創造主タイオワの命を受け、貴方たちが幸せに生きられるようにこの世界を与えた。タイオワの想いは空よりも高く、愛は海よりも深い。私の願いはただ一つ、常に創造主（太陽）を尊び、その声を聞きなさい。そのために貴方たちには五つのコパピ（頭頂・脳・喉・胸・臍《へそ》の下の開き扉）の内、四つの扉が開いているではないか。これは貴方たちの子孫であろうと忘れてはならない」と。

それを聞き「かしこまりました。我々は父と母と共にあります」と答えると、四種族は夫々の地に分かれて行く。各地に純粋な人が増え、カトヤ（美青年・大きな頭を持つ蛇）、ウィソコ（脂肪を食べる鳥）、ムハ（四つ葉の草）らと幸せに暮らし始める。

ソックナングやコクヤングティの命を守った四種族は、肌の色も言語も違うが意識の世界が繋がっているので、人を始めどんな動物や植物とも、テレパシーのように会話ができた。それは、宇宙の父の元、大地の母の乳を吸う兄弟だからだ。

だが、次第に命に背く者が現れる。まずコパピを創造主の声を聞くことより自己の地上の生活にのみ活用する者が現れ、タイオワ（太陽）への敬意や感謝を忘れた。

そして、彼らの間に、モニク（ツグミに似た鳥）の形をしたラバイホヤ（お喋り）が現れ、喋《しゃべ》れば喋る程自分と他人の違い、肌の色と言語の違い、人と動物の違い、人と植物の違い、創造主への信仰の違い等、父母を忘れ兄弟を忘れていった。

忘れられた父・母・兄弟と、会話ができなくなっている人間に愛想を尽かした自然霊は、人から動物を離れさせ、又、逃げるようにさせた。

草原で目を閉じ胡座《あぐら》を組みウォーボンネット（頭の羽飾り）と黒髪を風に靡《なび》かせ、色鮮やかな民族衣装に身を包む青年がいる。カッと目を見開いた彼の瞳には、怒りの色が浮かんでいる。カトヤは黒味掛かった頭の大きい蛇に姿を変えると、命に従わない人間を襲い始めた。

モニクは更に飛び回りいよいよ人間の分裂も顕著《けんちょ》になると、カトヤは気狂《きちが》いの如く暴れ回り、どこにも幸せな暮らしはなくなっていた。

どの民族にも、命に従い生きる僅《わず》かな者たちがいる。ソックナングは大風を伴い、ドーンと雷が落ちた如くその者たちの前に現れると、「私は、ずっと見守ってきたが余りにも酷《ひど》く、叔父に状況を報告した。タイオワはこの世界の破壊と再生を決定した。選ばれた貴方たちは、コパピを開き創造主の指示を待て、昼は雲が夜は星が、あるべき場所に導くだろう」と。

ある夜、星が瞬くと旅支度を整え、翌朝、雲に誘われ、四部族の選ばれた者たちは旅立った。無論、星も雲も見えない者は、族長であっても「雲などない」と言い、「何処に行くのか」と彼らを嘲笑《あざわら》う。

しかし、見えない者の中にもこれは只事ではないと、僅かな者は何も持たずに付いて来た。幾日も雲と星に導かれ歩く彼らが何処にも有りそうな平原に辿《たど》り着くと、雲は消え他部族もどんどん丘に集まって来る。

族長は、テレパシーで会話を交わし「おお、久しぶりだな。なつかしき兄弟よ。元気だったか」とお互いを労うと、「此処までどうやって来たのだ」と事情を聴いた。他部族の族長は、「不思議な湯気のような雲に導かれ、何日も歩いて来たのだ」と答える。言葉も装いも違ったが、心が繋がっていることに歓《よろこ》び、お互いに抱き合って再会を祝した。

最後の部族が集まると、何処からともなく大風が起こりドーンという轟音と共に稲妻の如く現れたソツクナングは、彼らを前にすると「皆、揃ったようだな。あなた方は、世界を破滅から救うために我々が選んだ人たちだ。私に付いて来なさい」と言う。

彼に付き従い歩いて行くと、大きな塚が見える。彼は塚に辿り着くと、脚を上げ二度地面を踏み鳴らす。

すると、人間の三分の一位の大きさで頭に触覚を持ち上半身は人間で下半身は蟻、胸部から脚が三対ずつ生えている全身が黒い蟻人間が現れ、ソツクナングにひれ伏した。

蟻人間に人間を頼むと、彼は人間に「この蟻人間たちの家に世話になりなさい。私が世界を滅ぼしても、ここならば大丈夫です。彼らはタイオワの命を守り、自然と共に生きる者である。ここにいる間、彼らから沢山のことを学びなさい。働き者の彼らは冬のために夏の間食物を蓄え、土中にて冬を過ごす者である」と言い、大風と共に姿を消した。

叔父の下に戻った彼は「無事、人間を届けました」と報告をすると、タイオワは、「ソックナングよ。私は悲しいのだ。見ておれん。後は頼んだぞ」と呟き静かに目を閉じた。

彼は再び地球を訪れると、大風を纏い轟音と共に落雷の如く火山に現れた。そして、「地下の火よ、居るか」と徐《おもむろ》に呼ぶと、火口より真っ赤に燃え上がる火が現れて控え「ソックナング様、如何致しましたか」と答える。

続けて彼は、「叔父は、今の状況が悲しいと仰っている。そして私に破壊を命じたのだ。地下の火よ、タイオワの命を伝える。地上を破壊せよ」と言うと、地下の火は、「畏《かしこ》まりました」と答えて火口へ消えた。

彼が地中で暴れ地震を起こすとソックナングは風と共に飛び去り、その直後、大噴火を起こした。大地を火の海が走り、空を火の雨が駆ける。迫りくる火の海と矢のような火の雨に、人々は後悔し逃げ回ったが、人は焼かれ四部族の村は死に絶えた。

蟻人間の家は思った以上に快適で、地上で生活するのに似ている。生活のための部屋や食料を蓄える部屋があり、砂の中の微細な結晶は、外の光を各部屋に反射し照らしている。生活をするのに何の不自由もなく、蟻人間たちと平和に暮らしている。

しかし、そんな彼らにも、大きな問題が発生していた。余りにも地表の熱が熱くて冷めるまで地表に出られず、蟻人間の蓄えた食料が不足し底を突きかけていた。

各族長はその状況を察して、「我々がお世話になっているのです。あなた方が苦労して集めた食料を、こんなにもらっては申し訳ない」と言うと「あなた方はお客様です。私たちの物は、またあなた方の物でもあるのです。そして、ソックナング様より、『よろしく頼む』と言われております」と答え、蟻人間は自分に空腹を感じさせないために、帯を日々きつく締め続け、自分たちの食料を人々に与え続けた（今、蟻の腰が細くなっているのは、このせいだと言う）。

ソックナングは、大地が冷えると今までの大地を海に海を大地にし痕跡を一切消してしまう。新しく作物を育てると、動物を迎えた。このため、この後に生まれた人々は、前世代に思いを馳せることはなかった。全部の用意が終わり彼は蟻人間の塚まで行くと、大地を二回踏み鳴らす。

すぐに蟻人間の族長が昇ってきて扉を開き彼の傍に控えると、「ようこそ、いらっしゃいました。どうぞお入りください」とすすめる。彼は族長の姿を見て声をかけ、「私との約束を守りこの人たちを助けるために全力を尽くしたこと、心より感謝する。いつまでも功績を称え、そして、貴方の行いに報いよう。あなた方は地上（第二の世界）に上がり、蟻として生活しなさい。悪しき人々はやがて地上が滅びる日、あなた方に助けを請《こ》うだろう」と。

彼は中に入ると、人々に言う。「私はトクパ（新世界）を創造した。前程ではないが、美しい世界である。あなた方はトクパに入り、増え満ちて幸福に過ごしなさい。私は再度言う。造主とその教えを心に止め、創造主を讃美し詩《うた》を歌いなさい。その詩が途切れないうちは、あなた方は私の子である」と。

人々はトクパに現れると、目の前に広がる久々の大地に目を奪われた。四部族は再会を誓い「じゃあな」と固く抱き合うと、四方へ別れて行く。大地に満ちた彼らはどんなに遠くに居てもオワへの讃美を歌にして捧げている。そんな彼らの周りでサラビ（モミ）は森を作り、クワワ（ワシ）やコリチャウ（スカンク）らが住み始めた。

しかし、動物と一緒には生活できなかった。彼らはトクペラ（第一の世界）で人間を見限り、人から離れ野生化していたからだ。

動物との交流が持てなくなった人々は、社会を形成していく。家を建てて村を作り、村と村の間に道路を通し、蟻人間のように食料を集めながら手を使い物作りや交易を行うと、互いに物を売買し始めた。問題はこの頃から起き始める。必要なものは全てトクパにあったが、人々は必要以上を求め不要を貯め込み始めた。更に不要な物のために交易を進めると、得《え》れ得《う》る度に益々物を欲しがり続けた。

与えられた環境に満足せず、いつの頃か創造主への讃美の詩も忘れ、創造主の教えから自分たちが少しずつ離れていることに気付かないでいる。

遂に蓄財を讃美するようになった彼らは争いを始め、終いには、村同士の戦いに発展していく。その中で、どの村にも僅かながら、創造主に歌を捧げ続ける人々がいる。悪しき人々はこの人々を笑い者にして蔑《さげす》んだので、彼らは心の中で歌を捧げるようになった。

ソックナングは地軸を介して、地球から響く歌声を聴いている。彼は心で歌う人々の前に轟音と共に現れ、語り掛けた。

「蜘蛛女から、この世界の糸が切れかかっていると聞いている。誠に由々《ゆゆ》しき事態だ。あなた方を安全な場所に移して後、我々はトクパを破壊する」と。

彼は蟻（蟻人間）の所に行き、「歌う人々を誘導し、暫く貴方の家で預かってくれ」と頼むと、蟻人間の族長は「ソックナング様の命である。これより我々は、人々を迎えに行く」と檄《げき》を飛ばした。蟻人間に先導され人々が四方八方から集まると、族長は「さあ、どうぞ、お入りください」と家に招いた。

その様子を見たソックナングは、地軸の北と南にいるポカングホヤとパロンガウホヤに、「今すぐ持ち場を離れろ」と命じた。

するとバランスも回転も狂うと、二度引っ繰り返り、山々は破壊音と共に崩れ海になだれ込み、海は大地を包まんと覆《おお》い被《かぶ》さる。太陽の恩恵を受けられなくなった地球は、厚い氷に閉ざされ凍り付き、トクパは崩壊した。

地球は凍って止まっている。地底の蟻人間と人々は、互いを想い合い幸せに暮らしている。ソックナングが「双子よ。持ち場に戻れ」と命じると、地球は「ギッギッガガゴンゴッギドン」地軸が何度も引っ掛かり異音を大音量で響かせ、揺らめき震えながら回り始めた。

ソックナングは、地球がスムーズに動き氷が溶け始め世界が暖かくなると、クスクルザ（第三世界）の創造を始めた。蜘蛛女を呼び出し大地と海を整え山と平原に樹木を生い茂らせると、土から様々な動物を模《かたど》り生命を吹き込んだ。

クスクルザが安定し、ピパ（タバコ）の花が咲き、アングウシ（カラス）が樹木に止まり、チョービオ（羚羊）が草原を歩き始めた頃、ソックナングは、蟻人間の家を訪れて二度地面を踏み、「あなた方の世界を造った。扉を開け、出でよ」と言うと、彼らは地面より姿を現し傍《かたわ》らに控える。

蟻人間の族長に、「長い間、避難させた人々を預かってもらい、ご苦労であった」と労い、人々のほうに目を向けると、「あなた方がクスクルザで生きられるよう、あなた方を助けた。あなた方は、今後二つのことを覚えておきなさい。私及びお互いを尊ぶこと。そして、山の上から創造主タイオワへの讃歌を歌うこと。この二つを忘れたならば、あなた方は、再度悪に落ちるだろう」と助言した。

クスクルザに現れた人々は各々に別れて人口を増やし、大地に満ち大都市を作り文明を築く。彼らの生活は、急速に変化していった（これが、今の北アメリカの基になっていく）。

大陸の中央

ナルムクツェは火の矢を掻《か》い潜《くぐ》り、凍り付く大地で魂の火を燃やし耐え続け、その世界の変容を見届けた。更に広げながら南へと歩を進めてゆくと、近づくその彼の姿を未だ混じり合っている世界で薄衣を纏い見ている者がいる。彼は二面性のある者で、外見は白髭《しろひげ》を生やし細身の老人の姿をしたオメテクトリ（創造）だが、オメシワトル（創造・老婆）を内在している。「何だ？　あのデカイの!!」と心の内で顔を見合わせる彼らだが、彼の力を借りれば天地が分かれると思いそのまま通らせることにした。

彼らが思った通り、彼が通り過ぎた後は見事に天と地が分かれる。

天に昇った彼らは下界を見渡した後、目を閉じて思案を巡《めぐ》らし始めた。暫くして目を開いた彼らが目を凝らし遠くを望むと、同じ天にもう一柱いることに気付く。

彼も二面性のある者で、外見は白髭を生やし細身の老人の姿をしたイシュムカネー（創造）だが、イシュピアコック（創造・老婆）を内在していた。彼らも内面でお互いに会話しながら、下界を見渡し思案を巡らせている。お互いを認識した彼らは、協力してこの土地を創造することにした（ここに、今のメキシコ（アステカ・マヤ）の基礎が築かれていく）。

空が東に広がった先に、イティバ（地母・豊穣）がいる。低い空にはヤヤ（太陽・創造）がおり、二人は夫婦となってヤヤエル（生命の種）を生み出した。ヤヤエルは空を押し上げることに掛かり切りで十分な光を届けないヤヤに、反乱を起こしたが殺されてしまう。

ヤヤがイティバの持っている瓢箪《ひょうたん》の中へ息子の骨を入れて幾日か経つと、瓢箪の中から何やら音がする。不安になったイティバが中を覗《のぞ》くと、魚が数匹生まれ泳いでいる。

イティバがその中の数匹を調理し夫婦で食べたが、その後も残された魚は増え続ける。夫婦はその度に調理して食べたが食べきれず、瓢箪の中の水・魚はドンドンと増え続けた。

やがて限界に達した瓢箪が割れると、イティバの周りを水と魚で満たし海となる。海から蒼い衣を纏いアグウェ（海王・漁や航海の守護）・陸から白い衣を纏ったロコ（医療・植物・学問）・赤色い衣を纏ったマラッサ（人間を守護する双子兄妹）・海上に黄色い衣を纏いソボ（雷神）が現れると、イスパニョーラ島とカオナオの洞窟から人間が現れた。

彼らは海から魚を採って生活することを覚え、又、ゼミ（精霊）たちも彼らと共にあった。

ヤヤは生まれた人間を見ると、漁から夜明けに帰った者を木に、寝過ごした者を石に、夜明け前に出かけた者を朝になったことを告げる鳥へと変化させる。

他の島々に探検に出かけたグアヤホナは、他の島々で肥沃な土地を見つけると農業を始めた。彼は、取れた作物をヤヤ夫婦に捧げ感謝の祈りを行う。

イティバの妹アタベイ（地母・豊穣）は、従者のグアタウヴァ（雨）とゴアトリスキエ（洪水）と島々を視察して回る。

そして農業の発展に尽くすと共に、従わぬ者の畑を押し流した。彼女は定期的に地面に蛙座《かえるずわ》りをすると、蛙と話し雨季を知らせる。知らされた蛙たちは鳴いて雨季の到来を告げた。

マーロフ（晴天）とボイナイェル（雨）はお互いの様子を見ながら調整を取っているが、グアバンクス（嵐）が来ると調整が取れずにいる。特にグアバンケクス・グアタウヴァ・ゴアトリスキエが揃《そろ》うと手が付けられず、大災害を引き起こした。

ある日、漁から戻った男たちは不思議な光景を目にする。木から「ドサッ」と女に似た生き物が落ちて来たのだ。それは女に似ていたが性器がなく、男たちはそれらを捕まえると啄木鳥《きつつき》を繋いで啄木鳥に見張らせた。

キツツキが木だと思い穴を開けると性器ができる。こうして最初の女性たちが生まれると、人口が増え文化が栄えてゆく（これが今のカリブ諸島（キューバ・ジャマイカ・ハイチ・ドミニカなど））の基になったという）。

彼は更に広げながら南に進むと、急に目の前が開《あ》けて拓《ひら》けた場所に出た。海に挟《はさ》まれた狭い大地に、天まで伸び支える塩の木がある。天からモラ（色とりどりの刺繍布）の布端が房のようにほぐしてある衣装で、長袖の上着に六分丈のハーフパンツ（モンテゥーノ）を纏い、塩の木を降りてくる一人の青年がいる。彼の名はイペレレという。

彼は居合わせたナルムクツェに「天は固まった。今こそ塩の木を倒し、万物を生み出そう。この斧を使って切り倒してもらえないか？」と尋ねると、「ああ、いいよ」と答えたナルムクツェは、そのまま結晶化している幹に「フン!!」と声を上げると斧刃《ふじん》を入れた。震えながら耐えていた塩の木は、バキッバキッと音を立てながら傾《かたむ》いていく。そのまま倒れるかと思った矢先、塩の小枝が空に引っ掛り木が動かなくなってしまっている。

イペレレは小リスのニキルグァに「空に引っ掛かっている小枝を、噛み切ってくれないか」と尋ねた。すると彼はスルスルと塩の木を登って行き、カツカツと塩の小枝を噛み切った。引っ掛りを無くした木は「ドッドーン」と大きな音と振動を立て、海に倒れて大きな水重吹《みずしぶ》きを上げる。塩の木が水に溶け出すと海は段々と塩辛くなり、それに適した生き物が生まれていく。

その様子を見てイペレレは大地を固め整えると、稲や麦を植えて農作物を増やしていった（これが、今のパナマの原型になったという）。

南の大陸

ナルムクツェは彼に挨拶をし、更に先を目指して南下して行く。すると空がまた急に軽くなったかと思うと、暗闇に輝きながら天地を分けているヴィラコチャ（嵐・太陽・創造）がいる。彼は初めて見るその神々《こうごう》しい光に、思わず「美しい」と声に出していた。

ヴィラコチャは、天地が僅かに離れた頃、水が地より染み出し湖（チチカカ湖）ができると、湖の中から飛び出してきた。彼の白い髪は棘《とげ》のように立ち、白い髭は金環で束ねられ輝く顔を取り囲み、腕と脚そして胸に神聖なタトゥーがある。上半身は裸で腰に黄金の帯と剣を付け肌に吸い付くような緑のハーフパンツを履《は》いている。右手に黄金の弓を背中の矢筒に白い矢を携え、肩から青いマントを羽織っている。飛び出した世界の空が余りにも低く、体の周りは暗く何も見えない。

マントや武器を取り外し大地に置きしゃがみ込むと、両手を空に掛けムンズと掴み、足はガッシリと大地を捕まえている。少しずつ空が上がってくると、更に腹に力を込めて空を押し上げてゆく。彼の吐く息は白く、額に浮き出た汗は玉のように零れ落ちてゆく。

彼の必死の形相に、ナルムクツェも一緒に空を押し上げっていた。空を押し切り腕を下したヴィラコチャは、「我はヴィラコチャ、手を貸してくれてありがとう。本当に助かった」と礼を言う。ナルムクツェは、自分以外の巨人に初めて会った喜びに気を緩め立ち上がると、思ったより低い空に頭が触れてしまい、白く輝く彼の羽は地に舞い落ちた。力を失った彼は「ドン・ドドーン」と倒れると、石に変化し大きな山脈になった。

ヴィラコチャは海の前に立ち、「ママコチャ（海）よ、我は湖より生ず。我、此処に動植物の暮らせる楽園を、築こうと思っている。我の創造を助け給え」と。すると、水面よりスラリとした女性が、内側が白で袖と裾にかけ青のグラデーションがかるドレスを纏い現れて、優しい瞳で見つめながら「天（パチャカマック）を創った創造主の貴方に言われ、断れるはずもない。ましてや水から生まれた同族です」と答えると、共々に創造を始めた。

彼らは夫婦となりママコチャは身籠り、長男インティ（太陽）・長女ママキリャ（月）・次女パチャママ（大地・豊穣）を産んだ。インティは腕も足も体も大きく、甲冑を纏った土偶のような姿で、キラキラと黄金に輝いている。彼は昼間を任され、空から全てを包んだ。

ママキリャは目が大きい女性で、頭に銀と金でできた扇《おおぎ》状の装飾を着け、長い黒髪に銀のイヤリング、黒の縁取りがある銀の胸当てにスパンコールの飾りが付いた銀のソングを身に着け、その上に黒のマンタ（羊毛の布）を巻いている。彼女は夜を任されると、移動する者を大きな目で見守り、足元に明かりを送った。

パチャママは優しそうな眼をした包容力のある女性で、緑と金でできた扇状の装飾を頭に着け、長い黒髪に葉の形の緑のイヤリング、金の縁取りがある緑の胸当てに金の縁が付いた緑のソングを身に着け、その上に薄緑のマンタを巻いていた。腕輪や帯など、所々に茶色の小物を着けている。彼女は大地を任されると、薄緑のマントを羽織って豊穣の杖を突き大地を駆け巡り、沢山の植物や農産物を育てた。

インティとママキリャが結婚すると、一人息子のコン（雨・南風）が生まれた。泣き虫の彼は叔母のパチャママの所に偶《たま》により、悩み事や楽しいことを話しては、その度によく泣いた。よく晴れた日、パチャママは丘にゆったり寝そべり空に憧れを持って眺めていると、天上より彼女の傍へ降り立つ者がいる。

パチャカマック（天・創造）だ。彼は銀環をした金髪に澄んだ瞳、整った顔立ちに白い薄衣を纏っている。腰に銀のベルトと剣を携《たずさ》え、青い刺繍のあるポンチョを羽織っている。薄衣から、スラリとした肢体が覗いている美青年だ。

彼は「何でそんなに、毎日僕を見つめているんだい？」と声をかけた。彼女は恥ずかしそうに身を起こすと、「私の兄も姉も空に居ます。しかし私は大地であり地上を任されました。空に行きたくても、行けません。だから空に憧《あこが》れているのです」

ナルホドと思った彼は、こう提案する。「僕は残念ながら、君を天上に連れて行くことはできない。しかし、君の代わりに、天上から色々な物を見ることができる。天上から見えた面白い物を、君に話しに来るよ」

彼の優しさに触れた彼女は、「有難《ありがと》う。楽しみにしてるね」と答え、更に彼に魅《ひ》かれていく。彼はことあるごとに彼女のもとを訪れ、まるで彼女が見ているように話した。二人は恋に落ち、やがて結婚すると、パチャママは妊娠した。イリャプ（雷神）とイヤーパ（天候）の兄弟、アマル（竜）、アプ（山）、サラママ（トウモロコシ・女性）、チャスカ（黄昏・金星の女性）、ウルカグアリー（金属・宝石）、チュイチュ（虹の大蛇）等、沢山の子を産んだ。

子育ては戦のようだった。彼女はいつも優しかったが、特にイタズラ好きのイリャプがイヤーパの静止も聞かず、パチンコ（銀の玉をゴムで飛ばす玩具）で色んなものを壊しまくると、彼女は巨大な龍に変身して怒った。

環境が整ってくる迄見守っていたヴィラコチャは、再びチチカカ湖から姿を現すと、巨人たち（原初の人間）を造り始める。畔の土を取り上げ湖の水と混ぜて泥人形を造ると、「人の命よ。ここに入れ」と命じ、命を吹き込んだ。夫々に動き始めた巨人たちに、彼は、農業の仕方、狩りの仕方、自然との向き合い方など沢山教えた。

また、畔の小石を取り上げ湖の水に浸すと、「人間よ、現れよ」と唱え命を吹き込むと、人間たちが現れた。別の小石を拾い上げ湖の水を掛けて命を吹き込むと、人間が生まれた。

彼は息子のインティを呼び出すと、「人間に知識と食事を与えよ。そして、時が来るまで生まれた人間を洞窟に入れよ」と命じて預けた。インティは命じられた通り、言語・衣服・火の使い方、農業の仕方、狩りの仕方、自然との向き合い方など沢山教え、食事にトウモロコシを与えると、パカリタンボの洞窟に住まわせた。

ヴィラコチャはパチャカマックを呼び出し、「ここに、地上の動物と植物の意志を代行し我々に届け、我々の意志を地上に届ける人間を創れ」と命じた。

命を受けた彼は妻のもとに行き事情を話すと、「解りました」と答えた妻は、地面から土を徐に拾い上げ何やら呪文を唱えながら、男女一対の人型を造った。

すかさず彼は、フーッと息を吹きかけ命を吹き込むと、人間の男と女が現れた。パチャママは寒そうにしている人間に草を編んで作った衣服を与えると、パチャカマックは、風と共に人間を連れ去ってしまった。

彼は洞窟に連れてくると、コミュニケーションをとるために言葉を教えたが、それ以外は教えずにそのままほったらかしにする。男は飢えと寒さから亡くなり、女は草や根を食べて生き残った。女が地面に穴を掘って男を埋め暫くすると、地中から蔓が伸びジャガイモが生まれる。火を知らない女は生でバリバリ食べて命を長らえたが、次第に食べ物が無くなった。ふと、「何で、私はここに居るのだろう？」と思った女は、洞窟を抜け出し旅に出た。

パチャカマックは夜に妻のもとへ来て、子供たちが寝静まっているか様子を窺うと、妻の瞳を見つめ、「いつ見ても綺麗だ。君は」とキスをした。妻も「いつも貴男はハンサムよ」と答えると、彼は妻の腰に手を回し寝室へ誘い、その場にあった二人の姿は奥に消えて行く。いくらか滞在した彼は、子供たちの遊び相手になり、久しぶりの家族団欒《かぞくだんらん》を味わった。

人間のことが気になった彼は、「洞窟にいく」と一言妻にいうと、出かけてしまった。

暫くして、悪阻《つわり》が酷《ひど》くなり産気付いたパチャママは、エッケコ（家庭・福の神）、ママザラ（穀物・

女性）とママアルパ（豊穣・収穫の女性）の姉妹、スーパイ（死神）とアンチャンチョ（病・悪霊）の兄弟を産んだ。

スーパイは生まれて直ぐに地中深く潜り死者の国の王となり、アンチャンチョは逃げ出すと山に籠《こも》った。彼女は、スーパイやアンチャンチョが生まれたのは、パチャカマックに悪意が生まれているのではと疑念を抱いた。

人間の女は歩きながら、地面に列を組み進む蟻を、光を浴び飛び回る二対の蝶を、花から花へ蜜を集める蜂たちなど、色々な物を見た。目の前にある石に腰かけ「フー」と大きな溜息を漏らすと、一人でいる虚しさを感じていた。

その姿を見ていたインティは、彼女に子を授けると、彼女は大いに喜び二人で歩みを続ける。彼は彼らの前を照らし、温かく見守った。

洞窟に着いたパチャカマックは、ジャガイモが育ち人間がいないのに驚き、急いで探し始めた。するとインティの頭の上で子を抱きながら、「私とこの子を、この世界の人間の祖にして欲しい」と祈りを捧げる女を発見した彼は、厚かましいと怒り「すぐに頭から降りろ‼」と言ったが、下りずに祈り続ける女と子を殺そうと剣を抜く。彼の剣は鋭く子供の首が飛ぶと、その歯はトウモロコシになり体は土に変わった。

叫び声をあげた女を、インティは守る。

パチャカマックは「何故、邪魔をするのか？」とインティに尋ねると、彼は「パチャカマックよ。何故、人間を殺すのか？　わが父ヴィラコチャより、人間を創るように命じられたのではないか？」と尋ねた。

するとパチャカマックは、「確かにその通りだ。だが、その人間が世界の人間の祖になりたいと、分を弁《わきま》えないので殺したのだ」と。いくら話しても彼らの意見は平行線で、彼らの間で闘いが起こった。

パチャカマックの剣は非常に速く空気をも切り裂く大変に厄介《やっかい》な剣で、何度も打撃を加えている。受けているインティは、左手で頭の上の女を覆うと速い剣を躱せず、彼の硬い皮膚《かわ》もダメージを負っている。ビュッと剣が空気を裂く音と、二人がぶつかり合う「ガキン」という鈍い金属音は辺りに響き渡り、全ての者の耳に体に、振動となって伝わってくる。

パチャママは夫と兄の闘いに「やめてー!!」と叫ぶと、顔を覆い膝から崩れ落ちた。

長い攻防の末、インティの放った巨大な拳《こぶし》がパチャカマックの左頬を捉えると、彼は大地に倒れた。「覚えていろ!!」と捨て台詞を吐いて服を脱ぎ捨てると、彼の悪意は顔をイグアナのように変え体中に紫の鱗を纏い、指の間に水かきを付け腕や脚に鰓《えら》を生やすと、海に姿を消した。

パチャママは、夫との急な別れに声を殺して涙している。娘の横に立ったママコチャは膝を曲げ隣に座り、娘が泣き止むまで背中を撫《な》でている。何も言わずにただ添えられているその手が、何よりも温かかった。

天の守護者がいなくなり、ヴィラコチャはインティに地上の後事を任せると天に昇り、天上より全てを見守ることにした。彼が天に昇った頃、隣の大地に白い衣を纏った利発そうなヤハ、ナカトゥタニャムカ（創造）が現れ、沢山の巨人を生み出し環境を創っている（これが、今のチリ北部・ボリビア（インカ）の原型になっていく）。

低い空と海の間にンゲン（創造）と霊は混在していた。ンゲンは空間に人型の実体として現れると、空間に漂う霊たちの幾つかを石に変え海に落とし大地を形成する。霊が減り軽くなった空気は空をドンドンと押し上げると、ンゲンも天に昇りチャウと改名した。

チャウは妻のクシェ（豊穣）と共に大地の創造を喜び、更なる創造を息子のンゲネマプ（創造）に命じた。

ンゲネマプは、ンゲンの創った大地を女性（地母・豊穣）に変えると、大地に降りてゆく。まだ岩石だらけの大地は大変に歩きにくく、彼は大地の女性に、草の服を羽織るように命じた。

次に彼は、精霊の女性たちを呼び出し草叢で遊ばせると、女性たちは鳥・蝶・果物に姿を変える。その後大地は、動物・木・川等様々な物を生み出す。

その大地の姿を見たチャウとクシェは、息子の偉業を称え彼の伴侶を彼の許に遣わすと、彼は妻との間に沢山の子供たちを儲け、国を形成してゆく。

そして、チャウは天上から地下まで、ウェヌマプ（メリオン・ケラノン・エプノン・キエノン・アンカウェヌ）とナグマプ（プエルマプ（東）・ラフケンマプ（西）・ピクンマプ（北）・ウィリマプ（南））とマプミンチ（地下）の層に分け、アンカウェヌには悪霊や怪物たちを、ナグマプには動物と人間たちの他に善霊と悪霊を、マプミンチにはウェクフェス（神に逆らう悪霊や病気）たちを、それ以外には善良な霊を住まわせた。

そして人々はンゲンを祀り、マチトゥーン（癒しの儀式）を行うと、女性や年長者を敬い、調和のとれた世界を築こうと努めた（これがチリ中南部からアルゼンチンの原型になってゆく）。

西の大陸

アンマは、キゼとウジが大地の女性を造ると地球に降り立った。控えている彼らに、「よくやってくれた。お前たちの貢献に報いよう」と労い、所払いをした。

彼は均衡《きんこう》（バランス）をもって世界を創造しようと、裸で横たわる妻（大地の女性）と交わろうとしたが、一箇所、どうも気になる所がある。飛び出ている蟻塚《ありづか》があるのだ。

彼は「邪魔だな」と思いながらも、暴れる彼女と強引に交わると、大地の女性は、片方の子宮に不完全な魂（男性の魂のみ）を持つユルグ（巨大な金毛のジャッカル）を宿した。

彼が腕を振り、手刀で蟻塚を切り取ると女性は従順になり、彼が再度妻と交わると天空より雨が降り注ぎ、もう片方の子宮に完全な魂（男性・女性の魂）を持つ、双子の兄妹のノンモとヤシギ（上半身は人間で、下半身が水でできた蛇。背びれのような緑毛を持つ・霊）を宿す。

ある日、ユルグは、胎盤の一部を噛みちぎり洞窟（子宮）を飛び出すと、アンマが大地の女性（妻）

に言葉を教えて、キゼ・ウジと共に天に戻って行くところだった。アンマの存在を知った彼は、アンマに代わる宇宙の支配を目論《もくろ》み、その胎盤から空飛ぶ箱舟を造り始める。

続いてノンモは草で編んだ頭環《とうかん》を着け、ヤシギは草からチューブトップのような衣装を作り纏い地上に現れ、丘（母の胸）に登り周囲を見渡した。

初めて裸で横たわり「寒い」と震えている母の姿を見た兄妹は、「母よ、もう少し、お待ちください」と声を掛けると、緑の服（草）を纏わせてあげた。

「ありがとう。暖かいわ」と言う母に、ノンモは、「いいえ、産んでいただいた我々こそ、有難いのです。大地と霊は一対のような物、お礼を言わないでください」と話し、兄妹は、「また、お会いしましょう」と挨拶すると、その場を去った。

空飛ぶ箱舟を造り終え乗り込んだユルグが宙を漂っていると、彼の耳に何処からともなく穏やかな歌が入ってきた。歌の聞こえるほうに目を向けると、緑の服を着て寝そべっている女がいる。

彼は寝そべっている女に近づき「その発している者は何だ」と吠えると、彼女は、「これは言葉と言うのよ。私の夫からの貰い物なの」と答えた。

それを聞き無性に言葉が欲しくなった彼は、女の首元に牙を突き立てて言葉を奪い、更に、生まれながら孤独な運命を与えられた彼は、その孤独に耐えられなくなり女性を求め、体を巨大化させ女の緑の衣服を噛み千切り無理矢理に交わると、彼女は出血しながら、彼の子イエバン（黒色のジャッカル）を宿した。

自然の摂理に逆らい最初の近親相姦を犯した彼は、その行いにより、夜・乾燥・不毛・無秩序・死を司る者となり、バランスを崩した世界は空を暗雲が覆うと太陽は顔を隠し雨は降らず、大地はその罪を背負うと乾燥し不毛の地となった。

キゼとウジは、下界の不穏な動きが気になり大地の母のもとに来ると、彼女が苦しんでいる最中だった。キゼは彼女に「大丈夫、大丈夫」と声を掛けて励まし、ウジは布を当て彼女の血を止めた。

体を縮め草叢《くさむら》からその様子を見ていたユルグは、声もなく全身ヒビ割れて苦しむ母を置き去りにし、箱舟に乗り込み飛び去る。空中から下を覗いていると、遠くに人影のような物が見えた。興味が湧いた彼は音もなく近づくと、上半身が人間で下半身は背びれのような緑の毛を持つ水性の蛇の兄妹が、二人連れで並び歩いている姿が見える。

自分の妻にしようと妹に目を付けた彼は音を殺し背後から近付くと、大口を開けて妹を咥え上げ箱舟に乗せ、ニヤケた目で兄に一瞥をくれ、そのまま空高く昇ろうとする。

妹の「お兄ちゃん」と叫ぶ声にノンモも「ヤシギー!!」と叫び、腕を伸ばし妹の手を掴もうとしたが、その手は空を切り届くことはなかった。宙に飛び交う二人の声は、空しく空気を震わせている。

そのまま天を目指し空気を切り裂いて昇るユルグに反逆の意志を感じたアンマは、キゼとウジにヤシギの救出を命ずると、両腕を頭上に突き出し空中に放電している電気を集めて、箱舟目掛け雷を落とした。

燃え上がる箱舟と共に「チクショー」と叫び落下するユルグを、彼は反逆の罪として銀毛の狐に変化させると、ヤシギを永遠に空しく求め続ける運命を罰として与えた。そして、生まれたばかりのイエバン共々、草叢《くさむら》に追放した。

地上に視線を移すと声もなく不浄に苦しむ妻を発見し、何とか妻を助けたいと考えている彼の前に、キゼとウジがヤシギを連れて戻って来た。彼はヤシギに話しかけ「助かって良かった」と彼女を労《いた》わると、彼女は膝を着いて頭を垂れ「助けてくださり有難う御座います。何とお礼を申したらよいか……」と、感謝を申し上げる。

次いで彼は「雲の切れ間から、下界を見てごらん」と彼女を促《うなが》すと、雲の切れ間から母の姿を見た彼女は、「アッ、……」と驚きのあまり言葉を失い座り込んでしまう。

「見ての通りだ。妻を助けるためには、お前の精霊の力が必要なのだ。娘に言うことではないが、正直に言おう。清めの儀式には、生贄が必要なのだ」と。

立ち上がった彼女は向き直り進み出て、「お父様に助けられた命です。母の苦しみが癒されるのであれば、どうぞお使いください」と、決意の籠った眼差しで答えた。

彼は娘を優しく抱きしめ語り掛け、「ヤシギよ。約束しよう。我ら夫婦は、必ず其方《そなた》を復活させる」と。

「はい」と答えたヤシギは、父から一歩下がり目を閉じた。

一言「スマン」と言ったアンマは、手刀で彼女を五体に切り裂くと地上へバラ撒き始める。頭を妻の左手側（東）へ、下肢を右手側（西）へ、胸を足先（南）へ、腹を頭上（北）へ落とし、最後に両腕を妻の胸元に落とした。

キゼとウジが背後に控え彼が清めの呪文を唱え始めると、ヤシギの体液が大地に浸み込み、太陽は顔を出して光を届け、大雨は大地を清め、乾燥しヒビ割れた肌は段々と元通りになり声も取り戻していく。

豊穣になった大地は更に、東にサー・西にオロ・南にミヌー・北にユロの苗を、天にも届く巨木に育てた。アンマは粘土で、宇宙と連なることができる四組の男女・種々の動物・植物・鉱物を、キゼとウジに持たせ妻の下に届けさせ、更に、ヤシギの亡骸《なきがら》を集めると彼女の胸に抱かせた。

元気を取り戻した母は状況を察し、バラバラの亡骸になった娘を集め胸に抱き、大粒の涙を流しながら自身の体に埋め込む。

更に、届いた物も一緒に体に埋め込むと、洞窟（子宮）からヤシギを生み出し、続いて、各部族の族長と沢山の植物の苗を抱えた妻・多くの動物を生み出した。

再会を喜んだ母は娘に頬ずりをしながら、「ヤシギ……、本当にありがとう」と言い、娘も言葉を詰まらせながら、「お母さん……」と答える。お互いに嬉し涙を流しながら、抱きしめ合っている。

各部族の夫婦は、親子の周りを囲むように集まると温かく二人を見守り、邪魔をしないように大地の母に頭を下げると、各巨木の傍に別れ住み始めた。妻たちは諸々の苗を植え増やし、環境を整備しながら子供を生み育てていく。

サーの木の傍には、ビヌセルが水を祀りオノ族を築き、商業・手工業が栄えた。オロの木の傍には、アンマセルが空気を祀るとディオン族を築き、狩猟・牧畜を生業にしていく。ミヌーの木の傍には、ディオングセルが火を祀りドムノ族を築き、農耕が発展していく。ユロの木の傍には、レベセルが大地を祀るとアルー族を築き、占い・医術・商い・手工を産み出した。

暫くして母が「ノンモ、来ておくれー!!」と大声で呼ぶと、遠くから妹の姿を見つけた彼は、「ヤシギ、ヤシギー!!」と一目散に駆け寄り涙ながらに抱きしめると、「お兄ちゃん……」と言葉が途切れ彼女の頬を一筋の涙が流れ落ち、お互いに強く抱きしめ合っている。

母は二人を抱きしめると、ノンモに「ヤシギをお願いね」と預けた。

その様子を天から見ていた父は、「兄妹を地上の代行者に命じる。そして、昼・湿気・豊穣・秩序・生を守護せよ」と、大気を震わせながら全ての物（者）に届かせるように言い渡した。

銀毛の狐にユルグがなっても、彼が夜・乾燥・不毛・無秩序・死を司る者であることは変わらず、ノンモ兄妹とユルグは、光があれば影があるようにお互いにバランスをとることでこの世界の均衡を保ち、切っても切れない絶妙な関係にあった。この先何度も、ヤシギを狙い彼が仕掛けてくる筈《はず》である。

泣き止んだ二人は、ユルグに破られた母の緑の服を繕《つくろ》い母の胸元に立つと、ノンモは、「母よ、役割を果たして参ります」と挨拶し、ヤシギは、「お母さん、行ってきます」と次いだ。踵《きびす》を返した二人は、父と母の優しさに包まれながら、代行者として使命の旅に出掛ける。

大地の母の血に染まった深紅の布は、太陽に乾かされると不思議な霊力を宿し、その後、各部族の祭壇に大切に奉納され管理されていた。

ある夜、村の娘が祭壇に忍び込み深紅の布を盗むと、その布を体に巻き付け着飾った。その服は娘に強大な力を与え身に着けて村中を歩くだけで、彼女の魅力に若者たちは跪《ひざまず》き嫉妬《しっと》に駆《か》らせ、彼らに争いを生じさせる。

若者たちは自分の心を隠し、部族の老人を敬う伝統を壊し長老に相談もせず、村は殺伐《さつばつ》としていく。

若者たちの心変わりを見抜き激高して大蛇へ姿を変えた長老は、叱責をした彼らに部族の教えを説いたが、その大蛇の姿で人語を話す行いが自然の摂理に反したため、報いを受け死んでしまう。

長老の死を知り自責の念に駆られた彼らは、その魂と霊力を復活させるために赤い布の娘を宿り主にして儀式を行い、娘は男の子を宿した。やがて彼女は、全身に蛇の鱗《うろこ》を持つ赤子を出産し、亡くなった長老の一族と共に育て始める。

成人になった彼の皮膚は鱗に包まれ固く、体は靭《しな》かでまるで蛇のようであった。彼は特徴を生かし、一族のために身を粉にして働き、一族を繁栄させていく。ある日を境に労働から外され儀式や修行を受けていた彼は、一族と共に森に入る。人々は大木から大蛇の像を作り、青年の体から長老の霊力を取り出し魂と分離させると、その像に霊力を移する。

体から鱗が取れ人肌になった彼は、金色の光を発している像を抱えて語り出し、「皆、久しいな。我は長き眠りより目覚めた。これより呪術により一族を守ろう」と述べた。

それを聴き悦び勇んだ人々はシギの祭りを行い、青年は大蛇の像を祀ると、アワ（呪術団）の始祖となる。

ノンモとヤシギは各族長の元を訪れると、八種の食料を与え、更にフォニア（生命の元・最初の種子）も与えたが、全部食べてしまった。

困った長男のビヌセルは空飛ぶ舟を造ると「動物・魚・火など盗み取ろう」と天に行き、もう少しで地上に着く所でアンマは舟に雷を落とすと、舟から落ちた動物は大地に広がり魚は海に広がり、ビヌセルは重傷を負った。

ビヌセル・アンマセル・ディオングセル・レベセルの各族長は、ユルグの支配やノンモの助けを受けながら数十年部族の発展に尽くすと、妻と共に大地の母の洞窟（子宮）に入り、元のように若返り、更に彼の挑発や嫌がらせを受けながらも部族の発展に尽くす。

末弟のレベセルは部族の確固たる礎《いしずえ》を築くと、蛇のノンモとなり各部族の元祖の精霊となってゆく。彼は部族の人々に、ユルグの支配を回避する第二の言語と祈り方を教え天に昇った。

人々は部族の精霊を通してノンモに祈り、ユルグの力を利用する秘密の儀式を作る。その儀式は、シャーマン（巫女）に代々引き継がれた（これが、今のマリ共和国の原型になったと言う）。

卵の中央で

双子たちとニャメが、命からがら何とか辿り着いたのは、まだ天と地が手を伸ばせば届く程の位置にある場所だ。先ず、「この天と地を分けよう」と、最も早く生まれた双子の兄妹ダ・ゾジとニオウェ・アナウは、ニオウェ・アナウが天を押し上げ兄が地を押し下げ始めた。

天と地の間が少しずつ広がり、天はこれ以上動かない所まで広がったが、地は固まり切らず、ダンバラウェドとアイドウェドは地に潜り大地を支える。彼らは地中の鉄を主食にし、海水で体を冷やしながら支え続けた。

リサとマウは、長男と長女に宇宙にある材料を惜しみなく送り届け、天地の誕生を祝う。

その状況を見たニャメは、「自分も天地を創り生物を誕生させよう」と、彼らの隣に移り彼らのようにその空を押し広げ、「まあこの位だろう」と途中で止めてしまった。

兄妹はそのまま天と地に留まり、兄は地の維持と管理を、妹は天の維持と管理を役目とする。

二番目に生まれたソーは両性具有で、天の姉の下に行き、雷と嵐を起こすことを役目とし、三番目に生まれたアグベとナエテの兄妹は、ナエテが河や湖などの淡水に宿りアグベは海の統括をすると互いに魚類の管理を任され、四番目に生まれたアジェは、長男の下にゆき狩人として森の管理を行い、藪に住み獣や鳥の支配を任される。

五番目に生まれたグーは、森を切り開き耕作地を整備し、後に大地より生まれる人間に道具や武器を与え、豊穣に導く役目を負い、七番目に生まれた末っ子のレグバは動物や人間の運命の扉を管理する。八兄妹たちが、この地の環境を整えると大勢の人が暮らし出し、活気付いてゆく。

七番目のレグバが人々の目に見えなくされたのは、他の兄妹が彼の姿を消したからだ。彼は人々の傍にいてその行いを見ると、マウに地上の出来事を報告する。更にマウの言葉は彼を通じて人々や動物に伝えられる。

人々は見えない彼及びその仲間を精霊と呼び彼らを敬うと、彼らを少しでも認識するために精霊ロコ（司祭の守護・薬草）を通じ祭祀を行うようになった（これが、今のベナン・トーゴの原型になったという）。

ニャメが低い雲の上で寝ころびながら地面を眺めていると、「あの場所はどうなっているのか」と不思議になり始める。体中に豹のような毛を生やし四足歩行を仕出した彼は、地上に適した状態に体を変化させると、「我は、オニャンコポン（天空・創造）である!!」と告げ、雲から飛び降りた。地面はまだ固まり切らず、彼の脚は大地に沈《しず》む。

「何だ。これは?」と脚を引き抜き、首からぶら下げている革袋から宇宙で集めた欠片《かけら》たちを取り出した彼は、大地に前足で穴を掘りその欠片たちを埋める。

そして、「大地よ。我に伴侶を与え給え」と声を掛けると、大地の中から細身の女性が現れた。緑の葉を模したベール越しに、円《つぶ》らな瞳が見える。彼女を包むベージュのミニドレスは胸元がティアードで、重ねた蔦のようなフリンジスカートは、風に煽《あお》られてうねるように揺れていた。

彼女の胸元には細やかな宝石細工が施されたペンダントが揺れ、ベールの下から、黒い長髪が靡《なび》いている。優しくも興味旺盛《きょうみおうせい》のように見える彼女のその瞳は、誕生と共に不思議な者を映している。

怖がっている彼女の様子を感じ取ったオニャンコポンは、変身を解き本来の姿を現すと、「我が妻アサセヤ（大地・豊穣）よ。傍《そば》へ」と、彼女を招き誘う。

彼の傍へ立ったアサセヤに、「我らの家をここに。動植物に溢れた理想の家を建てよう」囁《ささや》くと、彼女のベールを上げ互いに見つめ合い、彼女の腰に手を回すと熱い抱擁《ほうよう》をした。男らしい彼の態度に彼女は目が離せなくなり、いつまでも瞳は彼を映している。

オニャンコポンは、妻と大地を固めて草を植え昆虫や動物を創造すると、最後に人を誕生させた。そして、アサセヤは彼の子アナンシ（文化・英雄）を身籠《みごも》る。

彼は全ての調和を取るために、オニャンコポンから人型になり更に透明になると、オドマンコマ（調和・創造）に姿を変えてゆく。オドマンコマは全ての調和を取り終わると、天空に戻りオニャンコポンとなり、低い雲の上で横になり雲を引っ掻いては下界を眺め、調和が上手くいったか確かめた。余程疲れていたのだろう。眺めているうちに彼は、転寝《うたたね》をし始める。

下界では老婆が昼食準備のために、ヤム芋を臼と杵で搗《つ》いている。その手からスッポ抜けた杵が宙を飛び、転寝中の彼の頭を叩くと、「イッテー!!」と叫んだ彼の声は下界にも響いた。

空から急に声が聞こえ、ビックリした老婆は村中廻ると「ワシャ、昼の用意しとったん。そしたら、ウッカリ杵スッポ抜けてのー、飛ばしてしもうたんじゃ。そんで空から『イッテー!!』っちゅう声聞けたもんやから、腰抜けてしもうたん」と、続けて「あの空の上誰か居んねん。知りたかないかー、ワシャ知りたい。知りたいもんは臼もって家きてーや」と、誰彼構《だれかれかま》わずに話しかけた。

興味を持った村人は、臼を持って婆さん家に集まって来た。「本当け、婆さん」と訝《いぶか》しがる者や「どないなっとんねん」と興味津々の者、「やれやれ！」と唆《けしか》ける者もいた。

老婆は足場を均《なら》して臼を置き自分が乗ると、村人の臼を次々と積んでゆく。高くなると、紐《ひも》で引っ張り上げ積んでいった。オニャンコポンは昇って来る老婆に「あれは、何だ⁉」と不思議がり見ている。積まれた臼はあと一つで雲に届く所まで来たが、そのあと一つが足りない。彼女は大声で「あと一つじゃ、あと一つで届く。

一番下を抜いて渡してくれ‼」と村人に指示すると、「わかった」と言った村人は、一番下の臼を抜き始めた。何も挟まない塔は抜いた瞬間に崩壊し、老婆も「ワッ、ワァー」と叫びながら臼と共に落ちてゆく。

当然下に屯《たむろ》っていた村人も倒れてくる臼の下敷きになり、死ぬ者や怪我をする者が後を絶たない。

オニャンコポンは「ここでは、落《お》ち落《お》ち転寝《うたたね》もできない」と、空をできるだけ高く持ち上げ、「彼らは危ない」と、人間に知恵を与えるのをやめ知恵を壺に入れ、授けないようにした。

息子の成長は早い。父と共に太陽・月・星の創造をしたアナンシは、黒い前髪が力強い目元に流れ、目に見えるかと思う程の気力に溢れ、旅人のような動き易い布の服に身を包み、足首まで皮の編み靴を履き、背中に剣を背負っている。だがそれは彼が人間社会に暮す仮の姿だ。

彼は妻のアソと結婚し子を沢山儲けると、お祝いに来た父から「お前も立派になったものだ。私が大切にしているこの『知恵の壺』をやろう」とプレゼントされると、蜘蛛の姿となって喜ぶ。

彼は、毎日壺を覗いてはドンドン知恵が付くことに歓びを感じ、「この壺を取られたくない」と、誰も届かない高い木の上に「壺を縛り付けよう」と考える。

お腹に壺を糸で縛り付けた彼は、木を登ろうとしたが、壺が跳ねて、なかなか上手く登れない。するとそれを見ていた長男は、「背中側に背負うといいよ」と声を掛けた。息子の言う通り背中に背負いスイスイ木を登り頂上まで着いた彼は、「ちょっと待てよ。あの子のほうが俺より知恵が回るではないか!?」と思い癇癪《かんしゃく》を起こし、「こんな物要らない」と壺を地面に投げ捨ててしまった。

壺が割れ知恵が漏れ出すと人々はその知恵を共有し、服の作り方や鉄製の道具の作り方、医術や芸術など様々な知恵を付けてゆく。アナンシは「これでいいのだ」と木を降りると、狩りを覚えた人たちに農業を教えた。

雲に糸を掛け天に登ったアナンシは、「私と賭けをしてもらえませんか?」と父に持ち掛けると、ニャメは「何を賭けようと言うのだ」と答える。彼が「父との賭けに勝ったら、この地全ての物語の王にして欲しい」と乞《こ》うと、ニャメは、「良かろう。それでは『短剣の歯の豹』『火の針の雀蜂』『驚く程長い蛇』『人がまだ見ぬ妖精』を捕らえ私のもとへ持って来たら、お前を『物語の王』にしてやろう」と約束した。

オニャンコポンとして生物を誕生させた彼は、「そんな生物が居る訳がない」と思い、「どうせ無理だろう」と難題を出したのだ。

だが、「解りました」と答えたアナンシは、魔法の袋と瓢箪《ひょうたん》の入れ物を用意すると、旅に出た。

道を歩みながら父の言った生物を探す彼の前に、見たこともない長い蛇が、日光浴をしようと体を伸ばしている。

彼はその蛇に近づき「私はアナンシ、貴方のお名前は?」と聞くと、蛇は「私は、オニニだ」と名乗る。続けて彼は「道に竹が転がっていると思ったもので、近づいたら貴方だったのですよ」と切り出すと、「何を言っているのだ。竹などと一緒にしないでくれ。俺のほうが長いに決まっているではないか!!」と怒り出した。

「いいや。竹のほうが断然長い」と言う彼に、更に怒ったオニニは「ならばその竹を持ってこい。どちらが長いか比べようじゃないか!!」と、息巻いている。

更に彼が「解りました。その竹を取ってきますから、逃げないでくださいね」と言うと、激高したオニニは「逃げるものか!!」と吐き捨てた。

暫くすると、オニニと同じ位の竹を持って彼は戻って来て、「それでは比べてみましょう!」と、竹を横に置きオニニに並ぶように勧《すす》める。オニニが横に並んだ所で彼は、「駄目ですよ。狡《ずる》は……」と言うと「ズルなどしていない」とオニニは答えた。先端が合っているのに彼は、「だって尻尾の先が竹の端に合っていないじゃないですか!?」と言うと、「解った。尻尾の先をズレないように縛り付けてくれ」とオニニは言う。

彼は言われた通り尻尾の先を紐で縛り、「貴方の体は曲がっていて、竹のほうが長く見える」と言うと、オニニの棒のようになった体を、紐で竹に結《ゆ》わえてゆく。

最後に、「どうだ!! 俺のほうが僅かだが長いではないか!!」と言っているオニニの頭を、紐で結び魔法の袋に入れてしまった。

更に道を進むと、村人が何やら騒いでいる。近付いてみると、「もう十人も、遣《や》られたってよ」「酷いもんだ」等、口々に声を発している。

彼は一人の村人を捉《つか》まえ「この騒ぎはどうしたのですか?」と尋《たず》ねると、「また人食い豹のオセボの被害者が出たのさ。あんたは旅の者かい？　せいぜい気を付けな。見たもんによると、何でも歯が刃らしい」と言う。

「やっと出会えた」と思った彼は、村人たちに「俺が、オセボを倒してやる!!」と宣言し、オセボの被害が多い場所を教えてもらうと、その通り道に大きな穴を掘り細い木を渡し、バナナの葉で覆い軽く土をかけた。

そして、穴の傍でオセボが現れるのを待った。

翌日、腹を空かせたオセボがいつも通り道を歩いていると、道の真ん中に座り余所見をしている人がいる。「しめしめ」と思ったオセボは忍び足で彼に近づくと、両の脚で大地を蹴って跳びかかろうとしたが、蹴った両脚が空を切りそのまま穴に落ちてゆく。

穴の底で「助けてくれ」と叫ぶオセボに、「わかった。今助けてやる」と紐を垂らし昇って来るように言うと、「登り終えたら、また襲うに違いない」と思った彼は、地面に出る寸前でオセボに剣を突き立てる。

穴の底へ真っ逆さまに落ちるオセボは、「ドサッ」という鈍い音と共に死んだ。

その体を糸で巻き付け引っ張り上げたアナンシは、そのまま魔法の袋に放り込んでいる。

彼の勇敢な行動に感銘を受けた村長は、村人の命を救った彼を称《たた》え村人を集めると、祭りを行い沢山の料理を振舞う。彼は、村人と大いに笑い語り楽しんだ。

翌朝、彼は村長や村人に別れの挨拶をし、また歩き始めた。

歩きながら彼は、昨日の祭りである男から聞いた話を、思い出している。

「この村と次の村の中間で、友人と前に大きな雀蜂の巣を見たことがある。そしてその雀蜂の王は火の針を持ち、ムボロと呼ばれている」

一計を思案しながら、彼は歩き続ける。

暫く平坦な道が続きその先の坂道を登ってゆくと、中腹に大木が見える。耳を澄ますと蜂の羽音もブンブンと聞こえ始めた。

彼は思いついた妙案を行動に移す。口一杯に水を含み瓢箪の入れ物の蓋を取ると、音も立てずに巣に近づきブーッと吹き付け隠れた。

いきなりの水に「雨が降って来たのか」と驚いた蜂たちに、通り掛けの者を装い「ここなら雨に濡れないし、よい巣ができる。早く避難したほうがいい」と瓢箪を出し叫んだ。

水が掛かって火が消えたムボロは、一族を護るために瓢箪への避難を命じた。

巣を飛び出した蜂たちは、瓢箪の口へ次々に入ってゆく。

最後に誰もいないことを確認したムボロは、「親切な者よ。ありがとう」と礼を言い妻の女王蜂と共に入ってゆく。彼は「どう致しまして」と言うと、蓋を締め袋に入れた。

そのまま坂道を登り切ると、平らに開けた土地に村が現れる。村は活気付き、市場には威勢のいい声が響いている。

市場を歩く彼は、ふと泣いている子に目が留まり声を掛けた。「ボウヤ、何で泣いているんだい？」すると、「森の奥に行ったら後ろから呼ばれて、振り向いたら誰もいなくて、進もうと思ったら、目の前を物凄く早い何かが通ったの。ビックリして転んだら、脚を擦り剝いて…、痛くて泣いてるの」と、子供は言う。

得体の知れない何かがいると思った彼は、「その者を捕まえてやるから、もう泣くな」と言い子供と別れると、人形と樹液（木タール）を買い、人形に塗りたくってタール人形を作る。その人形を持ち森の奥に行き、男の子が怪我をした辺りに人形を置き、その近くに身を潜め何かが現れるのを待った。

暫く息を殺して見ていると、更に暗い森の奥から透き通る程の虹色の羽を付けた妖精が現れ、彼女は人形に語り掛けている。「私はマティア、森の奥には、誰もいなくて寂しいの。友達にならない？」と、人形は「……」答えない。すると彼女は続けて「名前は何？」と問うが、人形は「……」黙っている。失礼な人形の態度に「何で答えないの!?」と怒った彼女は、人形を殴りつけた。

その手はタールに絡め取られ、剝がそうとした手も張り付いている。その様子を観たアナンシは、マティアを人形から剝がし糸で縛り上げると、魔法の袋に入れた。

旅から戻った彼は、全て揃ったのを確認し雲に糸を掛けると、天空に登ってゆく。

彼の帰りを喜んだ父は、「課題はクリアしたのか？」と問うと、アナンシは魔法の袋の口を開き、『短剣の歯の豹』『火の針の雀蜂』『驚く程長い蛇』『人がまだ見ぬ妖精』を取り出し、「父よ、御覧ください」と目前《もくぜん》に並べた。

息子の偉業に驚いたニャメは「約束通り、お前の望みを叶えよう」と、この地の全ての物語の王に彼を据《す》える。彼らはこの後も沢山の物語を紡《つむ》ぎ、国を形成してゆく（これが、現在のガーナの原型になったという）。

身近な空と大地が別れると、その影響は隣に波及してゆく。高くなった天空にオロルン（天空・創造）がいる。今まで地面しか見えない空は、高くなると遠くまで見渡せるようになり、オロルンは青く煌めくオロクン（大海・豊穣）の姿を見つけると、心臓が口から飛び出そうになった。

彼はオロクンのもとまで駆け寄ると、「私は隣の空から来たオロルンという者、貴女の煌《きら》びやかな青いドレスと嫋《たお》やかに美しい身のこなし、そして流れるように輝く髪に魅かれここまで来ました。是非、私とお付き合いをしていただけませんか？」と話しかける。

オロクンは「有難うございます。嬉しいです。でも、ちょっと待っていただけませんか？　私にはオチュンという双子の兄がおり、兄に相談してからお返事致します」と言葉を返し帰ってもらう。

早速、兄に来てもらい事情を話した彼女は、兄の意見を聞いた。

兄は「お前は海だ。海は広く、また空も広い。これからも役割をしっかり果たすのなら、恋愛は自由だ。俺は応援するぞ」と背中を押す。彼女は嬉しくなり「うん。ありがとう」と言うと、頬《ほほ》を赤らめている。

翌日、彼女のもとを訪れたオロルンは「ちょっと、返事をもらうには早すぎたかな？」と照れ隠しに笑うと「いいえ。そんなことありません」とオロクンは答え、そして続けて彼の手を両の手に取ると「兄さんの許しも貰いました。宜しくお願いします」と答えた。

彼らは、お互いに魅かれ合い自然と夫婦になり、彼女は、オバタラ（大地・創造）とオドゥドゥワ（英雄・創造）を身籠り生んだ。オバタラは両親の愛情を受け、美しさと純粋さをこよなく愛する青年となり、オドゥドゥワは勇敢さと知恵を兼ね備えた青年に育ってゆく。

ある日、オロルンは地上の様子を見に出かけたが、ブヨブヨの大地を見て嘆《なげ》く。「どうにかしなくては……」と、明けの明星を使者とし四百一柱のオリシャ（精霊神）たちに、地上の創造をする者を聞いて回らせたが、誰も手を挙げる者が現れない。

王宮の椅子で途方に暮れていたところに、「父さん。私が行きます」と、純白の衣装に身を包んだオバタラが、名乗りを挙げた。

彼は続けて「蝸牛《かたつむり》の殻と天の土、鳩と五本足の雌鶏をお貸しください」と申し出る。「良かろう。持って行きなさい。そして、頑張りなさい」と、オロルンは送り出す。

彼は、蝸牛の殻に天の土を詰め袋に入れ鳩と五本足の雌鶏を連れて、雲から縄を垂らし地上に降りる。そして、足元が沈む地面に立ち椰子酒《やししゅ》を飲みながら、蝸牛の殻から土を取り出し地面に撒き、鳩と五本足の雌鶏に広くバラ撒かせた。彼はできたばかりの大地で暫し居眠りをし、できたのを確認し縄を登って天に辿り着いた。

その後、オロルンからの話がなかったオロクンは、知らずに大地を飲み込むと、ドロドロに変えてしまう。そこでイエマジャ（湿った大地の女性）が生まれた。彼は、父の下に出向き「大地を創って来ました」と報告すると、父はカメレオンを呼び「大地ができたか確認してこい!!」と命じた。

命を受けたカメレオンは、縄を伝い地上に降りると大地の上を歩いたが、濡れている地表に足を取られ、上手く歩けない。縄を伝いオロルンの下に戻ると、「まだ、乾いていない」と報告する。

それを聞き、「申し訳ありません。もう一度、やらせていただけませんか?」と願い出るオバタラだったが、「いいや。オドゥドゥワに行ってもらう」とオロルンは弟を送り出した。

彼は、再度蝸牛の殻に土を詰め込むと、鳩と五本足の雌鶏を連れて濡れた大地に降り、大地を創り直し縄を登って天に戻り、「大地を創って来ました」と報告する。

ここでアガンジュ（乾いた大地の男性）が生まれた。

再度、オロルンはカメレオンを派遣すると、今度はオロクンに話が通っており、カメレオンの足は沈まず帰って来くると、「もう、乾いている」と報告する。

アガンジュとイエマジャ夫婦にオルンガン（大地）が生まれ、アガンジュと別れた後、青年にそだったオルンガンとイエマジャは夫婦となり、十六柱の自然界の子供たちを儲ける。

大地の誕生を喜び、オドゥドゥワを抱きしめたオロルンは、「実に、素晴らしい」と、功績を称え賛辞を贈った。

オロルンは、オバタラに「もう一度チャンスをやる」と言うと言葉を次ぎ、「大地に、人間を創り増やしてこい」と命じた。

父の想いを聞いたオバタラは、「解りました」と答えると再び地上に降り、粘土を捏《こ》ねて自分に似せて像を造った。そこにオロルンが吹き込んで命を与えると、像に色が乗り動き始め人間が誕生する。オバタラはまた椰子酒を飲みながら、像を造っている。次第に飲み過ぎた彼はどんどん歪《いびつ》な像を造り始め、そのうちに眠り込んでしまう。

知らずに命を与えたオロルンは、「何だ。これは?」と驚き息子を呼び出すと、フラフラになった彼が目の前に現れた。

酒を飲んで像を造ったオバタラに「何を考えているのだ!!」と怒ったオロルンは、オバタラに彼らの守護を任じ、「人間創りの職から解任する!!」と言うとオバタラを天に帰らせ、代わりに弟のオドゥドゥワを任に就かせる。

兄の後を引き継いだ彼は像を造り、父が命を与えるとヨルバ人となり、彼は次第に増える人々の指導者となると、オロルンがイファ（信託《しんたく》）を創り、地上に派遣する。

イファが最初に降り立った信託の地（イレ・イファ）に彼は王国を築き、初代国王となった。

オロルンは人間とオリシャを仲介する善と悪を併《あわ》せ持つエシュ（精霊）を創り、彼をメッセンジャーとし人間関係や蓄財などの運命を操らせ、更に彼の国の守護に、成長したジャンゴ（嵐）・イアンサン（嵐・炎）の夫婦とオグン（鉄・戦い）・オシュン（川・愛と富・女性美）の夫婦を任に当たらせた。

その後オシュマレ（蛇と虹・両性具有）やオモルー（病・再生）など様々な者が現れ、その相互作用で国は形をなしてゆく。

天に帰ったオバタラは、自分の行いを悔い禁酒の誓いを立てた（これが、今のナイジェリアの原型になったという)。

ブムバは、天から大地と動植物を吐き最後にウート(最初の人間)を吐き出すと、ウートにこの地を与え発展するように命じた。

ウートは、この土地で動物や魚を取り暮らし始める。

ある日、川辺を歩いていたウートは、一人の美しい女性に目を奪われた。オレンジ色の珍しい柄のパーニュ(一枚布のワンピース)を身に着け、頭上にもオレンジの布を巻き水辺で戯《たわむ》れるその女性の首元には白いネックレスが光る。

自然とその女性に魅かれたウートは、その女性を妻にして子孫を増やすと、宮殿を立て初代王となった。後の王は彼の偉業を称え、祭司の際必ずウートの面を被る(これが、今のコンゴ共和国の原型になったという)。

この頃には、北・東・南に種々の部族が現れ始め、各部族の交流が盛んになってゆく。各地で国が生まれると、著《いちじる》しい繁栄を遂《と》げてゆく(これが、今のアフリカの原型になっていく)。

繭

繭《まゆ》の中、麗《うるわ》しく成長した双子の兄弟・姉妹は、二組になり裸で抱き合っている。彼らは白色の長髪に切れ長の目、鼻筋が通り整った顔立ち、程よく張った筋肉質の体、長身で背面に蛇のような鱗がある彼の名は、アラル（天空・創造）といい、水色の長髪に切れ長の目、鼻筋が通り整った顔立ち、程よく張った筋肉質の体、長身で背面に蛇のような鱗がある彼の名は、アヌ（天空・創造）という。

アラルの目の前には、長く美しいブロンドの長髪に牛のような短めの角、切れ長の日にブロンドのまつ毛、細面の顔にスラーッと伸びた肢体、彼女のグラマラスな胸は、アラルの厚い胸板にくっ付いている。彼女の名はエア（水・大地・創造）という。

アヌの目の前にも、長く美しい緑の長髪に牛のような短めの角、切れ長の目に長い緑のまつ毛、細面の顔にスラーッと伸びた肢体、彼女のグラマラスな胸も、アヌの厚い胸板にくっ付いている。

彼女の名はキ（水・大地・創造）という。彼らの長い髪までも、絡み合うように繭全体に広がりっている。

彼らは、知っていた。両親の想いを。そして、何故目の前の人（?）から目が離せないかを。

アラルとエア・アヌとキは、お互いに張り合うように世界の創造を始める。

まず彼らは、生物に適した環境を整えるために、アラルとエアはクマルビ（大気・嵐・創造）と環境を調整・変化させるアアス（知恵・水・創造）を、アヌとキは、エンリル（大気・嵐・創造）とエンキ（知恵・水・創造）の兄弟を生み出した。

兄のクマルビとエンリルは、意志が強そうなクッキリした目元に頭に牛のような角がある女性にモテそうな端整な顔立ち、腕・胸元は筋肉質で、下半身は黒っぽい羽が覆う鳥のような足を持ち、体全体を、見えない風が覆っている。

弟のアアスとエンキは、聡明そうな目元に天然パーマの髪、薄っすら筋肉が乗った上半身に、魚か蛇のような尾に銀の鱗を持って産まれた。両親の力を継いでいる二人は、環境に応じて下半身を割り又変化させ、人間の脚のようにして地上を歩いた。

更にアラルとエアは、クマルビの補佐役としてエレル（空）とピハサッサ（天候・稲光）を生む。エレルは大概のことは冷静で穏やかにいられたが、一度怒ると手がつけられない。ピハサッサは自分の周りの空間に稲光や雨を降らせられる不思議な子だ。彼らは、お互いに協力し合い環境を造っていく。偶《たま》に天候を操り洪水を起こし、稲光を落として破壊したりもする。

その後、彼らは大地に恵みを授けるため、アラルとエアは、イルピティガ（大地の主）とピルワ（自然神）・ハンナハンナ（大地の母）を、アヌとキは、ガトゥムドゥグ（大地・豊穣・創造）・ニンフルサグ（大地・豊穣・創造）・バウ（大地・豊穣・創造）の三姉妹を生み出す。

イルピティガは、目の奥に光を宿し、将来大地全体の統括をする任を与えられる程に聡明で頭がまわる子で、ピサワは、優しさが目元に表れるような心優しくそして自由を好む子であり、ハンナハンナは、彼らの面倒をよく見る母のように心の強い子だ。

姉のガトゥムドゥグは、長い茶髪に優しくも強い眼差しを持つ少女で、妹のニンフルサグは、生まれながらに黒髪が長く妖艶《ようえん》な空気を纏う少女だ。末っ子のバウは、肩口までのカールがかる短髪に、瞳に勇ましさと不可思議さを滲《にじ》ませる少女だった。

続いて、大地の環境を整えるために、アラルとエアは、サラ（豊作・農耕）・ハルキ（穀物）・ハパンタリ（田園）とクルンタ（野生動物・狩猟）とルンダス（狩猟・幸運）の兄弟を生み、アヌとキは、ヌンバルシェグヌ（穀物）・ニンスン（牧畜・灌漑《かんがい》）・シャラ（農耕）の三姉妹が生み出された。

サラは赤毛で、それは刈り取り大収穫をした後の麦や稲を表したとても幸運な髪をしていた。ハルキは、植物の仕組みなどに興味を持つ学者肌の理論的思考を好む男の子で、ハパンタリは、小鳥と長閑《のどか》に過ごすのが好きな女の子だ。

クルンタとルンダスは山や森を駆けまわるような元気な子たちでどちらかというと兄のクルンタは動物と触れ合い、弟のルンダスは、動物を追い掛け回すような子だ。

長女のヌンバルシェグヌは、長髪を束ね妹の面倒をみるような真面目な少女で、次女のニンスンは、常識的で愛情深いが探求心も強く、何かと手を出し過ぎてしまう傾向があった。後におとめ座のスピカを統治する三女のシャラは、大きな雌ライオンの背中で育ち、何処か煌びやかな少女だ。

続けて、アヌとキはゲシュティンアンナ（植物の守護）とタンムズ（牧畜・豊穣）の姉弟を生んだ。彼女は、特に神のブドウの木の守護を受け持ち、弟は、特に羊を飼い増やす技能に精通していた。

そして彼らは、世界の破壊と再生のために、アラルとエアは、ジャルリ（厄災・疫病）とウルカッテ（戦い）・アシュタビ（軍神）の兄弟を生み、アヌとキは、マルトゥ（暴風・破壊・戦士）とダゴン（海・穀物・冥界）の兄弟を生んだ。

ジャルリは隠者のように物静かだが、行き過ぎた行いを見ると厄災や疫病を流行らせ、ウルカッテは正義感が強く一人で行動することが多いが、アシュタビはハングレで徒党《ととう》を組み、諍《いさか》いが起きると戦いに出向いた。

兄のマルトゥは、武人らしい険しい眼をし、行き過ぎた文明の監視役として破壊を担当するようになる。

弟ダゴンは、首から上が魚で下が人型、普段は穀物の保守・育成に携わっているが、神の命が下ると海を荒らし、死者が出ると人型から巨大な魚となり、深海の更に下にある冥界に死者の魂を運ぶ役を与えられている。

その他にも、アラルとエアは、アンジリ（太陽・出産）にイルシルラ（助産の女性集団）とタラワ（育児の女性集団）を管理させ、小さなウリリヤッシス（性的不能を取り除く）やカムルセパ（癒し・医薬・魔術）などを生み出すと、数えきれない程の神々が生まれてゆく。

最後に彼らは、それらの維持管理のため、アラルとエアはイスタヌ（太陽・審判）に司法官の任を与え、イシャラ（誓約・愛）に外交などの重要な契約事を結ばせ、シャウシュカ（豊穣・癒し・戦争）に総合的な統括を委託し、イストゥスタヤとパパヤ（運命）の女性たちに、人間の人生の糸を紡がせることにした。

一方、アヌとキは、穀物等の管理や蓄財を実直なハヤ（倉庫・蓄財）にさせ、書記を、聡明な娘のニサバ（学術・書記）に指示した。

グングンと成長する子供たちで、当然一杯になった繭の中は混乱を極めていたが、白地に青い模様が映えた薄衣を羽織ったアラルと、茶地に緑のグラデーションが映える薄衣を羽織って横たわるエアは、意に介さない。同じく、青地に白い模様が映えた薄衣を羽織ったアヌと、緑地に茶色のポイントが映える薄衣を羽織って横たわるキも、意に介さない。

最初に変化が表れたのは、アラルとエアのほうだ。いつまでも妻に抱きつき動かずに寝ている父に、「このままでは世界を創れない」と感じたクマルビは、父と母の間をこじ開けようと僅《わず》かな隙間に手を差し込み持ち上げたが、どう足掻《あが》こうがビクともしない。

兄弟たちを集めて再度挑戦するも僅かに動く程度だ。

息子の困り果てている様子に、エアは「もう一度、兄弟力を合わせて力の限り持ち上げなさい。そして微《かす》かに浮いた瞬間にこの剣（鋸）で我々を切り離しなさい!!」と助言し大剣を渡した。

「もう一度いくぞ!!」と兄弟たちを促したクマルビは、「1・2・3の掛け声で、いくぞ!!」と兄弟たちを鼓舞し、継いで「1・2・3!!」と号令を掛けた。兄弟たちは歯を食いしばりある者は歯グキから血を出しながら、ある者は顔面に青筋を立てながら、髪を振り乱して手足に力を込めた。

心なしか父の体が浮いた気がし、更に力を籠める兄弟たちの目は血走り髪は逆立っている。

心持ち離れたが一部母と繋がり離すことができずに動きが止まると、クマルビは「今だ!!」と大剣で薙ぎ払う。まるでバターのように父と母を繋ぐ鎖が切られ、父を空高く持ち上げると繭の内壁に固定した。

天と地を分けることに成功し皆喜んだが、その声で目を覚ましたアラルは、寝ている間に妻と遠く離され固定されたことに怒り、天空を黒く染め上げると大粒の涙を溢《こぼ》しながら、手当たり次第に雷を落としてゆく。

そんな中、示し合わせたかのように動き出す者がいる。大きく成長し立派な若者になったエンリルは、重なり合っている父と母の僅かな隙間に手を差し入れ、引き離し始めたが、父を上部に持ち上げようと力を込めたが動かず、そこにエンリルの兄弟たちが集まり始めると皆で力を合わせて引き離しにかかった。嫌がるアヌは「お前たち、何をしている。俺は、最愛の妻と離れる訳にはいかぬ」と、キに力強くしがみ付く。

エンリルは「父よ、お許しください。この狭い繭の中では我々の居場所はなく、父と母を割ってこの世界を創造しなくてはなりません。どうかご理解ください」と、理解を求める。

しっかりとしがみ付くアヌの体を兄弟たちと引き離しにかかるが、少し浮くだけだった。その様子を観ていたクマルビたちが駆け付け力を貸すと、流石のアヌも引き離され、妻との別れを受け入れざるを得なかった。

キとの別れに落ち込んでいるアヌだったが、天空で泣き叫び怒りの稲光を地に落としエアを傷つけている兄の姿を見て、状況を察し「グッ」と心に落とし込む。

クルマビがアヌの前に進み出て「叔父様、お察しの通りです。我が父が怒り露《あら》わに母を傷付け、稲妻に当り怪我をする者も後を絶ちません。叔父様であれば、父も話を聴いて心を開いてくれるのでは思い、恥を忍んでお願いしたいのです」と、申し出た。

話を聞いたアヌは「お前たちにも非がある」とした上で、「しかし、このままにしておく訳にもいかぬ。兄のもとに行き話をすることにしよう」と、彼の申し出を受け入れた。

足早《あしばや》に天に駆け登ったアヌはアラルの傍まで来たけれど、荒れ狂う嵐と雷に近くへ寄ることも適わず、暴れる兄に大声で話し掛けた。

「兄さん、兄さんの怒りは尤もですが、落ち着いてください。地上では貴方の子供たちが泣いています。どうか怒りを鎮めて私の話を聞いてください」と。

「……」無言のまま破壊を繰り返す兄に「兄さん、お願いですから止めてください!!」と再度大声で叫ぶと、「五月蠅《うるさ》い。お前の出る幕ではないわぁ。帰れ!!」と取り付く島がない。「キッ」と睨《にら》まれた兄の目が痛い。

アヌは意を固め「皆の願いなのです。どうか鎮まってください!!」と再度頼んだが「黙れ!!　俺の創った世界だ。俺の好きにさせてもらう!!」と聞き入れて貰えない。そして「それ以上、俺に説教するな!!」と付け加えた。「しかし……」と言いかけたアヌに、「しかしもへったくれもないわぁ!!」と怒りの矛先を変えると、激しく風雨と稲光を浴びせ掛け、その手足には殺気を帯びている。

仕方がなく迎え撃つアヌの顔を稲光が撃ち据えると、同じ境遇なのに兄を諌《いさ》めている自分と解らず屋の兄に「カッ」となった彼は、黒雲を呼び激しい風を纏うと無我夢中に兄を殴り始めた。

天空の熾烈な兄弟喧嘩は、世界を揺さぶり繭にも風穴を開けると、その穴からドロッとした半液体が流れ込んでくる。やがて苛烈を極め耐えきれなくなった繭は「バコッ」と大きな音を立てて割れ、津波の如くその半液体は地上を覆ってゆく。溺《おぼ》れ命を失う者・耐え忍ぶ者・創造を喜ぶ者・世界の終わりを嘆く者らが現れ、やがて空（繭上部）を更に高く押し上げると地を飲み込んでゆく。

更なる創造

アラルとアヌを登らせて天を創り、エアとキを下部に押し付けて地を創った。

生き残った兄弟たちは夫々の場所に赴き、この半透明なヌルッとした物質を潰したり伸ばしたりしながら、大地を拡大し更に海を創造してゆく。

アヌは、「ハッ」と我に返り自分の手を見ると、兄の血がベットリと両こぶしに付いている。急いでグッタリとしている兄に近づき、「兄さん、兄さん」と体を揺すったが、その体は力なく振れるだけだった。

「兄さんー!!」と叫ぶその声は、空しく空間に響くのみだった。

アヌは、一人天に繋がれた兄の遺体を下《おろ》すと手厚く弔《とむら》い、いつまでも兄の傍を離れずにいる。

事情をよく知らない地上の者たちは、アラルの雷鳴・雷光が止み、安全に暮らし易くなったことに歓び、アヌに王になって欲しいと望む声が高まると、アヌは「私は王に相応しくない」と頑《かたく》なに辞退していた。

それは、故意ではないにしろ兄殺しをしてしまったことで、クマルビに会わせる顔がなかったからだ。、だが、彼の意志とは逆に周囲の声は更に高まり、押される形で王となった。

天空に留まり帰って来ないアヌにキも疲れ果ててしまい、娘たちに地表を任せ自分は失意の内に地中深く潜り込み、レルワニ（冥界の女王）が支配する冥府に留まった。

だが、それに納得がいかない者がいる。クマルビだ。彼は怒りながら母の所に行くと「アヌは父を殺し王位を簒奪《さんだつ》した男だ。私との約束も反故《ほご》にしている。私が父の仇を取る」と早口で憤《いきどお》り、母はどう思っているのか問い質《ただ》した。

エアは瞳に涙を滲ませ「あの人がいない今は、凄く寂しい。でもジッと堪えるのよ。アヌが天界に妹は冥界にいることも、きっと理由があるはず。恨みから創造は生まれない。恨みは怨みしか生まない。やめなさい」と忠告する。

自分と同じ気持ちだろうと思っていたクマルビは、母の意外な言葉を聞いて、更に腹から煮え繰り返る想いが沸々と湧いてくるのを感じ、母の家を飛び出た。

どう帰ったかわからないくらいに興奮していたクマルビは、帰宅すると語気も荒く「明日から暫く留守にする!!」と一言《いちごん》し部屋に閉じ籠ってしまう。

ハンナハンナは、幼子のラマ（創造）を抱き籠《かご》に眠るタルフント（嵐）とタルフンナ（天候）の双子の様子を気にしながら、夫の異変を気にかけると「夫が無事安穏でありますように」と、祈りを捧げた。

昨夜一睡もできずに朝を迎えたクマルビは、早朝に家から出掛けると、父が殺されてから初めてエレルに会いに森に入って行く。

彼は子供の頃からクマルビと行動を共にし、クマルビの右腕として助言を与えてきた者だ。いつもは山に住み木を切って生活している。

彼の木で組んだ簡素な家に着いたクマルビは、切り株に腰を下ろして空を眺めるエレルに「おう」と声を掛け、彼は「久しぶりだな、そろそろ来る頃だと思っていた」と友を迎えた。その空気のようなスムーズなやり取りは、昨日も会っていたんじゃないか？　と思う程自然だった。

しかし、「いつもと違う」不自然さも感じていた。「お前の空好きは、死んでも治らねえ」と言うクマルビに、「そんなことを言うために来たんじゃないだろ？」と彼が返すと、「頭の切れるお前のことだ。もう見当は付いているんだろう？」と発した言葉は、「まあな」と答えた彼の言葉に掻き消された。

クマルビが語り出す前に「結論から言う」と前置きした彼は、「やめたほうがいい」と継いだ。

「母と同じか」と踵を返し、背中越しに「邪魔したな」と言い立ち去ろうとすると、「相変わらず気が短いな。まだ話は終わってないぞ」と、背中越しに彼の声が聞こえる。

振り向いたクマルビに「確かにやめたほうがいい。しかし、お前の父は俺の父、お前の王は俺の王だ。俺がお前と行動を共にしなかったことがあるか。俺たちは一蓮托生じゃないか」と続けた。「ちょっと待て」と言いエレルは、予め用意しておいた荷物を背負うと、クマルビと旅に出た。

次に彼らは、ルウィの町に住むピハサッサに会おうと歩みを進める。ルウィまでは、河を渡り渓谷に挟まれた険しい道を抜け、長距離の移動になる。空も飛べる彼らだが、敢《あ》えて目立たないように困難な陸路を進んでゆく。途中休憩をとりエレルの用意したパンを食べ、再度力強く歩を進めてゆく。

西に陽が傾く頃、町に着いた彼らは、人混みを擦り抜け広場までゆくと、中央に沢山の松明の光に浮かぶ大きな舞台が現れた。

笛の音が空間に軽快に飛び、太鼓の音が地を揺らす中現れた男は、赤・黄・青の派手な鳥の羽を帽子や上着に着飾った優男《やさおとこ》で、腰をくねらせながら愛の歌を一人ひとりに届かせるように響かせている。

その男の声が人々の心を震わすと、「キャー、カッコイイ!!」「素敵♡」「痺《しび》れちゃう」と黄色い歓声が捲き起こる。大勢の拍手の中舞台を下りた男に、彼らは近づき話しかけた。

「相変わらずの美声だな」「目立つのが好きなお前のことだ。ここに居ると思ったぜ」と。

振り向いた男は目を細め笑顔を浮かべると、「久しぶりじゃねーか。二人とも」と返えし、彼らに近づくとギュッと彼らを抱きしめた。

クマルビが口火を切り「サッサよ。少し話さないか？」と言うと、「う～ん。お前が改まる場合は、大体ハズレなんだけど～」と彼は嬉しそうに答えた。

談笑し歩き出した彼らの姿は、賑わう町の雑踏に飲まれ消えてゆく。広場から続くメイン通りを西に僅かばかり歩き、南北の通りと打つかった角地に、彼の煉瓦《れんが》造りの小粋な家が見える。家に上がり込んだ彼らは、彼のすすめる酒を飲み交わしながら話し始めた。

「率直に言う。俺はアヌを殺してやりたい程憎い。あいつは親父を説得するために天に行ったはず。なのに親父は殺され王位は盗まれ、その説明すらない。お袋は自分でも悲しいくせに、我慢しろと言う。可笑しくないか？」

「オウオウ、話がデカいぜ。今のアヌを殺したら、国民の大半を敵に回しかねない。それでもお前はやるのか?」と問うピハサッサに、間髪入れずに「やる!!」と答える。

「お前の、そういうとこ好きだぜ」と言った彼は、こう続けた。「しかし、俺たちができるのは、お前の前に道を造るとこまでだ。後は、お前が決着をつけろ」

静かに彼らの会話を聞いていたエレルが、「決まりだな。そうと決まれば、計画を立てよう」と提案した。

その夜、彼らのいる部屋の灯りは、いつまでも消えることはなかった。

その頃アヌは、今までの経緯と自分の心情を二通の書状に認め、信頼を置ける者にエアとキへ届けるように命じ、更に「すまなかった」と言付けを託すと、物思いにふけっていた。

翌朝、綿密な計画を立てた彼らは、天を見上げ体に空気を纏うと、アヌの所まで天を駆け上ってゆく。途中、巡回中のイスタヌに会い、「こんな所で、何をしているんだ?」と問われたが、「天空のアヌ王へ、御就任お祝いの御挨拶に参ります」と誤魔化し、先を急いだ。

雲の大地を突き抜け雲上《うんじょう》に出ると、広く平らに拓けた雲の彼方に、白く輝く宮殿が見える。その巨大な宮殿は、息子エンリルがアヌのために造り上げたもので、屈強な兵士を五十は常駐させ、王の警護に当たらせていた。

クマルビは有名で面も割れていたので、門近くの物陰に武器を持ち潜むと、エレルとピハサッサの二名で門兵に会いにゆく。

目の前には見上げる程の大きな門に、「王宮門」と名前が付けられている。そこで「止まれー」と声が響き「貴様たちは何用で来たのか？」と問われる。

エレルは「王様の御就任のお祝いに参った者に御座います」と挨拶をすると、「名を名乗れー」と返ってくる。とっさに「エレーとサーサで御座います」と答えると、「身体改めをする。そこで待てー！」と声がする。

暫くすると二名の門兵が王宮門の外に出て、ボディーチェックを始めた。

武器を持っていない二人に門兵が仲間にサインを出すと、重い鉄扉がゴッゴゴと音を立てて開かれてゆき、宮殿に続く通路が見える。

「入れー！」との声に二人は門内に入ってゆく。敷地に一歩踏み込んだ途端、二人は門兵から剣を奪い取ると切り殺し、大暴れを始めた。その瞬間に物陰からクマルビが閉まりかける扉にスッと滑り込み、二人と一瞬の目配せをすると、そのまま宮殿の内部を目指す。

王宮門兵からの報告に、宮殿内の兵士が音を立てて集まって来た。

二人の暴れぶりに、王宮内は手薄だ。アヌのいる「王の間」まで、ほとんど兵士に会わない。

静かで広い王宮に、駆け抜ける彼の足音と息遣いだけが、木霊《こだま》しているように響いてゆく。

王の間の入口に立つと、入口から真っ直ぐ敷かれている高級そうな絨毯《じゅうたん》の先、目も眩むようなダイヤや銀の装飾が施された玉座に、威風も堂々と座る男が目に飛び込んでくる。奴だ。

その男の前に立ち言葉を発しようとすると、「よく来たな。よい頃合いだ。どちらが真の王かハッキりさせよう」と、男は言う。

「黙れ。父を殺し王位を盗んだお前に言われたくない!!」と叫び、クマルビは剣を抜いた。

アヌは静かに玉座から立ち上がると、心の内で「兄よ。貴方の子クマルビは成長し、私の目の前に立った。これより命を懸けた男の闘いをし、彼が勝ったのなら、喜んで王位を譲りましょう。兄よ、やっと罪滅ぼしができそうです」と呟く。

体中に風を纏い腰に帯びた剣を抜くと「そんな所で吠えていないで掛かってきたらどうだ」と悪態を吐《つ》いた。

クマルビも風を纏うと「そんなことを言われなくても、そのつもりだ!!」と切り掛かる。彼らを包む風は真空、互いの体を宙に浮かせると打つかった瞬間に「バリバリ」と物凄い音を立てる。あちらこちらで真空の刃が飛び交っているのだ。周りの物は宙を舞い切り裂かれてゆく。

その中、剣を交える二人の「ガキン」と鈍い鉄の音が大理石でできた王の間に反響し、更に広がってゆく。剣と真空の刃は、遠慮なしに互いの五体を切り刻み裂傷を刻んでゆく。

突きに転じた二人の剣が互いの頬を切り、飛び散った血も空中に消える。風により冷やされた空間に、やがて二人の血と汗と空気中の水分とでできた雲は色を変え、彼らの頭上に大きな黒雲を生み出したかと思うと、「ドドッドーン」という轟音と共に稲光を発生させ、静かに振り出す雨も彼らの風に煽られて互いの体を叩き、「ピシン」と高音を鳴り響かせた。

稲妻と雨をも、武器に変えて彼らは闘う。

しかし、傷と闘いによる疲労は色濃く彼らの体に浮き始め、体力を失うと人型を保てないでいる。アヌは、背面の青みがかった鱗が全身に広がり、クマルビも足から先は鳥そのものだ。

間もなく決着が付くと思った矢先、今までの激しさに耐えかねた宮殿から、「ズドーン」と屋根が落ち柱も「ガコン」と大音を鳴らし倒れ込んでくると、彼らを丸飲みにしてゆく。漂う土埃《つちぼこり》に揺らぐ影が映り込む。

屋根の瓦礫《がれき》から、「ガラッゴトン」と最初に静寂を破って動き出したのは、アヌだった。

彼は何の動きもない状況を目の当たりにし、クマルビが瓦礫の下にいることを考えれば、押し潰されていると思ってその場を飛び去ろうとした刹那、その瓦礫で腕と足に大きな損傷を負ったクマルビが、唯一動かせる顔をヌッと出しアヌの下腹部に噛み付きそして食い千切ると、そのまま飲み込んだ。

一瞬の出来事に思考が追い付かないアヌは、下半身の熱い痛みに「グウォー!!」と唸《うな》り、その場に倒れ込む。止めどなく血が溢れ出し、辺りを血の海に変えてゆく。

クマルビは「これで、アンタから子孫が増えることはなくなった訳だ」と嬉しそうに話し始めると、アヌは「アーハッハッハッハー」と突然大笑い仕出す。

「気でも狂ったか?」と思った彼だが、アヌは続けて「こんな可笑しなことはない。この出血だ。いずれ私は死ぬだろう。しかし、お前は私の性器を飲み込み、私以上の三つの痛み(災い)を得た」と高笑いする。

その言葉を聞いた彼は驚いて急ぎ吐き出し、それを壊れた窓から地上に投げ捨てた。

地上に落ちて精液が飛び散り空気と交わりタシュミシュ（嵐の男の子）が生まれ、地上に落ちて流れ出た精液と河が結びついてアランザヒ（チグリス河の男の子）が生まれる。

しかしアヌの精液を呑んでしまった彼は、腹に子を宿すことになる。

傷だらけのエレルとピハサッサが廃屋のようになった王の間に着いた頃には、アヌは息絶え、瓦礫に挟まった息も絶え絶えのクマルビを見つけ助け出すと、二人は「よくやった‼」「頑張った‼」と声をかけ、「援軍を呼ばれたら面倒だ。早く出よう」と、彼に肩を貸し支えるように王宮を後にした。

風を纏い天から東方に飛び立った彼らは、一路エレルの家を目指す。一番人里から離れ、しかも、山中の発見されにくい彼の家を隠れ家にするためだ。フラフラしながら何とか辿り着いた彼らは、倒れ込むように家に飛び込んだ。

その頃、王宮の大惨事はエンリルに報告されると、彼は苦悶の表情を浮かべ「今、私は此処を離れられない。援軍を送る。アヌと兵士五十名を手厚く埋葬してくれ」と伝えると、更に調査隊と捜索隊を編成。彼らが動いた先々で、国中に「アヌ王が殺された」「王宮は見る影もないらしい」「誰がアヌ様を」「これからどうなるのか」等、大量の噂が流されてゆく。

勿論、エレルの所にも捜索隊が来ると「失礼する。アヌ王が何者かに殺害されたが、何か心当たりはないか？」と執拗《しつこ》く問われた。彼は「えっ、そうなんですか‼　山奥で話す相手もおらず知りませんでした」と、惚《ほう》ける。

真夜中、森の光を通さぬ闇夜に、動く影がある。エレルだ。彼は、夜風のように木々の隙間を擦り抜け山の窪みにある誰も知らぬ洞窟に辿り着くと、入口に食事と水を置いて去ってゆく。すると、洞窟の奥から二人の男が現れ、その荷物を持って消えた。

問題の解決が長引くと、クマルビとピハサッサの傷も癒えたが、クマルビの腹回りが少し大きくなったようだ。彼らはアヌのやり口に好く思わない口の堅い者から、密かに同志を募ってゆく。勿論、クマルビを王に据えたがっている者たちを、エレルとピハサッサが会って確認し、血判状をとるという具合だ。

国民の三分の一まで賛同を得るようになると、裏切り者も現れ始めるようになり、ユンリルに報告し報酬を得ようとする輩《やから》も現れる。

これはマズイと彼らは、早急にクマルビ王を立て建国宣言をし、エンリルに敵対してゆく。

その頃にはクマルビの腹はもう一回り大きくなり丸みを帯びてきた。

クマルビは仲間内では「ちょっと王の貫禄つけすぎじゃないの？」なんて言われていたが、アヌの言葉が頭から離れなかった。

エンリルも密告とイスタヌの「その当日に彼らに会った」という証言と現状から確信を持ち、信頼していた従兄に父を殺された怨みに、国の治安のためという名目で、マルトゥを司令官にクマルビ討伐軍を編成させ、「完全に破壊・制圧せよ」と命じた。

国を分けいがみ合う二人の王は、田畑を踏み付けて家を壊し、苦しむ国民を蔑ろ《ないがし》に大勢の命を犠牲にして戦う。その最中に、クマルビはギリギリまで王としての務めに邁進したが、体調悪化に伴いエネルを王代行に任じると、大きな腹を抱え自室で横になり体調回復に努めた。

その夜、静かに揺れる灯火に照らされた数名のイルシルラとタラワが見守る中、いきなりの耐え難い痛みに沼田打ち回る彼の腹を切り裂き、一人の男の子が生まれる。名をテシュブ（天候・創造）という。この子の産声は大きく、産婆が抱き上げると更に大声を張り上げ、備え付けの棚はガタガタと震え小物はヒュンと宙を舞う。

クマルビの切り裂かれた腹をカムルセパが縫い合わせ薬と魔法で回復する中、脂汗を額《ひたい》に浮かべながら彼は、その子をタラワの一人に預けると、殺すように命ずる。彼女は、王宮から抜け出し王の命令に従い首に手を掛けたが、その子の目をみると「やっぱり殺せない」と、殺したと偽《いつわ》り匿《かくま》って育てた。

連鎖

テシュブはタラワの女に大切に育てられ見る見る成長すると、どんどんアヌに似てくる。

色白の好青年になった彼を、イルシルラとタラワの女たちは、「アヌにソックリ」「絶対、アヌの子よ」と噂し合うようになり、その噂話はクマルビや彼の耳にも届くようになってくると、クマルビは更に彼を遠ざけ、「妻との間に生まれたラマを、正式な私の後継者とする」と宣言する。

父の行動を見て嫌われていると感じた彼は、祖母のエアを訪ねると「私は父に嫌われ避《さ》けられています。何故なのでしょう？」と、止めどなく大粒の涙を流しながら訴えた。エアは一先《ひとま》ず彼を椅子に座らせると、真実を伝えるべきか悩んでいる。

しかし、彼の余りの嘆きに「少し待っていなさい」と言うと、部屋の奥に行き木箱の中から一通の手紙を取り出し、彼の目の前に差し出すと、「読んでみなさい」と優しく語り掛けた。

その包みを開き文章を読み進めるうちに彼の目から涙は消え、真剣みを帯びた瞳の奥に光が宿り始めている。全部読み終え、女たちの噂話・クマルビの仕打ち・自分の素性が一つに繋がった彼は、「有難うございます」と手紙を返した。

エアは「本当にごめんなさい。息子を許してもらえないだろうか？」と懇願《こんがん》したが、テシュブは瞳の中に炎を燃え上がらせながら、「申し訳ありません。叔母様。私は父の仇を討ちます」と答え静かに椅子から立ち上がると、彼女の家を出て雑踏に消えて行った。

彼女は「恨みは怨みしか……」と呟き、この負の連鎖を止められなかった己の弱さと因果の辛さに、顔を覆って涙した。

その後、テシュブは密かに子供の頃からの兄や姉のように慕ったタルフントとタルフンナの兄妹に会うと、今までの経緯を話し助力を求める。

二人は父や兄を裏切る苦痛に耐えながら承諾すると、アシュタビのもとに出向き、彼の軍を統率する力を彼への助勢に貸して欲しいと求め、更に、彼らはシャウシュカのもとへ出向くと、彼女の戦争の能力を彼のために使って欲しいと要請する。

加勢した彼らを中心に同志を募り、その環が益々広がりを見せてゆく。

怪物の創造

流石のクマルビ軍も、外からのエンリル軍と内からテシュブ反乱軍への対応は難しく、徐々に追い込まれ始める。

すると、古傷の具合がよくないクマルビはラマに王位を譲り、自分は、形勢逆転のために命懸けの創造に取り掛かる。

海に辿り着いた彼は、ドンドンと海に入っていき海水をかき回すように交じり合うと、一匹の大蛇を生み出した。その大蛇は全身が碧く痛そうな角《つの》のある鱗を何枚も身に纏っている。名を、ヘダムムという。

大蛇は、水上に大波を立てながらいつの間にか浜辺に立つ父の下まで来ると、水中から鎌首を上げて動きを止めている。

クマルビは我が子に、「エンリルども、そして、テシュブどもの討伐を命ずる。我と共に戦え!!」と号令を掛けると、ヘダムムは静かに水中に消えていった。

次に山に向うと、天を衝《つ》くような大岩の前に立ち、その大岩にある亀裂と交わった。彼の精液が掛かった大岩が生命を持つと、「バキバキ」「ガラガラ」と大音量で亀裂は割け、天にも届く目も耳も持たぬ大岩の巨人が生まれる。名をウルリクムミという。彼は宙に浮かびウルリクムミの手を引っ張ると、エンリルの王宮に唯々《ただ》進むように仕向けた。

この地を守るタルフントの妻アンジリ（大地・豊穣）は、天空に住む長女イナラ（天候・戦士）と連絡を取り夫と義姉の補佐に着くように命じ、長男テリピヌ（農業・豊穣）には、戦争で荒廃した田畑の復興を命じた。

タルフントはアンジリに「行ってくる」と言うと、風を纏いタルフンナとイナラを伴って、宙を飛び戦地に赴《おもむ》く。そこではヘダムムが暴れまくり、大量の兵が殺されていた。ヘダムムの鱗は青白く光り、その薄さと硬度は全身に刃を纏っているようであり、その口は渦潮のように何人もの兵士を丸呑みにしてゆく。その様相は、まるで怪物と呼ぶに相応しかった。

その怪物の前に対峙した彼は、風を吹き付けて動きを鈍らせると、雷を起こす剣を振り翳《かざ》し勇敢に戦う。タルフンナも呼吸を合わせたかのように、ヘダムムの死角から攻撃をかけてゆく。双子の連携攻撃に苦戦していたヘダムムだが、尻尾を鞭のように撓《しな》らせ一気にタルフント目掛け振り下ろすと、勢いよく飛び散る水飛沫《みずしぶき》に一瞬視覚を失った彼は、肩口から腹まで大怪我を負ってしまう。タルフンナとイナラで彼を抱え戦場から離脱すると、近くの陣営で傷の手当てにあたった。

暫く動けない彼は「申し訳ない」と言い、今後の対応について彼女たちに細かい指示を出す。父を助けるため、独断で「このままでは駄目だ」と感じたイナラは、近くの村で一番腕が立つ人間のフパシヤに声を掛け、「一緒に戦って欲しい」と頼んだ。

彼は神々の戦いに人間の自分が出れば死は明らかと考え、顔立ちが美しくスタイルのよい彼女に交換条件を提示する。

「私と、一夜を共にして貰えるのなら約束しよう」と。彼女は暫し考えると彼に告げた。「私の家は天界にある。夫となり二度と下界に降りられないが、それでもよいのか?」と。

結婚していた彼は、一瞬妻と子供の顔が過《よぎ》ったが目の前のイナラの魅力に逆らえず、「解った」と答えた次の瞬間、体がフワリと浮かんだかと思うと宙に浮き、彼女と共に雲の彼方に姿を消した。

彼女の家は白雲の上にある奇妙な造りの家で、床は白雲の百メートル四方のワンルームで四辺は窓もない高い壁には囲まれているのに天上はなく、入口にドアが一つ付いているのみの至ってシンプル(殺風景)な部屋だ。

初めて見る景色に呆気《あっけ》に取られていると、辺りはすっかり薄暗くなり始めた。

一番星が瞬き始めたかと思ったら、次から次へと星たちの競演が始まる。

男は理解した。「雨が降らず風が吹かないから屋根がないのだ」と。そして「屋根がないからこんなに間近で星が見えるのだ」と。月明かりに照らされた白雲は、まるで青白く光る柔らかいベッドのようだ。

星と月の明かりに照らされたその薄暗がりに二人は寝そべると、月と星に見守られる中、互いの体を重ね合った。

翌日、彼は自分の体の異常さに「ハッ」として目覚めると、全身の筋肉がパンパンに張り信じられない程の自信と活力が、腹から湧いて来るのを感じて飛び起きた。

試しに自分の剣を親指と人差指の二本で振ってみた彼は、余裕で振れてしまうことに「うわっ。何だこれ！」と驚いている。

すると背後から、「五月蝿《うるさ》いと思って起きてみたら、私の夫なのだからその位当然でしょ！」と彼女に笑われ、改めて人ならざる者の力に震えた。

イナラのもとを訪れたタルフンナは、フシパヤの姿を認めると、「アンタいつの間に結婚したんだい？」「兄さんはこのことを知っているのか？」等、矢継《やつぎ》ぎ早《ばや》に質問攻めをする。

彼女が「昨日よ」と悪びれもなく答えると、タルフンナは開いた口が塞《ふさ》がらず「……」。言葉を失ってしまった。

彼を部屋に一人残し、彼女らはヘダムムの状況の確認と足止めのために飛び立ってゆく。

一人残された彼は、まだ慣れない体の使い方を模索していた。

翌日、体の使い方を理解した彼の周りには、空気の渦が取り巻いている。三人は宙に飛び上がるとそのままタルフントの居る陣営まで降り、彼をタルフントに紹介する。

初めて見る男に警戒するタルフントに、イナラは「私の夫のフシパヤです」と父に紹介すると、「初めまして、フシパヤと言います。元は人間でした」と挨拶する。

更にタルフントの心の中は「!?」となったが、娘の幸せを想い「よろしく頼む」と握手を交わすと、傷は粗癒えている体の奥に鈍い痛みを感じる。

二人が偵察してきた状況と照らして、彼も交え作戦を練り翌日決行と決め会議を終えると、タルフントはそっと彼を呼び寄せて「明日の作戦は、君が娘を守れるかがカギだ。しっかりと頼む」と、念を押した。

翌日、タルフンナとイナラは武装し、フシパヤは武装した上に大きく重そうな袋を背負いヘダムムの所へ向かった。丁度シャウシュカが、自慢の美貌と色気でダンスを披露しヘダムムの気を引きながら、彼の居る湖に酒を投入している。彼も満更でもないようで、酔って「トロン」とした虚ろな目で、彼女のダンスに合わせ首が動いている。

チャンスと思ったイナラがヘダムムの前に囮として飛び出し、「ムッ」とした彼が彼女目掛けて跳びかかって来ると、待ち構えていたフシパヤはもう少しで喰われるという寸前で、大型の鎖を跳びかかる彼の首に巻き付けると、タルフンナと二人で強烈に締め上げた。

そこへ隠れていたタルフントが飛び出すと、一刀両断にヘダムムの首を断つ。彼の大きな体が「バッシャーン」と湖面を叩き大音量に空気が震えると、流れ出た水は木々の間を擦り抜け地上の様々な物を押し流してゆく。

ヘダムムの訃報を聞いたクマルビは、エンリルの王宮に向けていたウルリクムミの向きをテシュブの本陣に変えさせ、進路にある物悉く破壊させてゆく。テシュブも全軍を集結させると、最終決戦の布陣を整えていった。

遠くから近づいて来るウルリクムミの撃退を、先ずヘダムム退治の功労者シャウシュカに命じると、彼女は「お任せください」と言い出陣する。

ウルリクムミの前に対峙した彼女は、ヘダムム退治の方法を再度試す。彼の注意を引くため大量の酒を用意し官能的かつ魅惑的なダンスを披露した彼女だが、目も耳のない彼には影響がなく、腕の一振りで飛ばされてしまうと、タルフントたちも出陣し攻撃を仕掛けるが、稲妻が岩肌を僅かに崩す位で足止めにもならない。

テシュブも軍を率いて出陣したが、硬い岩肌が剣を弾くのみで、歯が立たない。アシュタビ軍七十人が体に取り付き、歩みを食い止めるのが精一杯だった。

「ハッハッハッ、お前たちの攻撃などこいつには効かんわ!!」と高笑いするクマルビに、「ドスン。ドスン」と重く響くウルリクムミの足音が戦場に絶望的な雰囲気を作り出すと、テシュブ軍壊滅の危機に皆の戦意を喪失させてゆく。

頭を抱えたテシュブは賢者たちのもとへ相談に行こうと、イスタヌやイストゥスタヤとパパヤに話したがわからず、最後にイシャラを訪れる。イシャラは、契約の書の記述から「その昔、天地を割った大剣（鋸）があった」ことを発見すると、「何か役に立つかもしれない。エアに聞けばその大剣の場所がわかるだろう」と、助言する。

藁をも掴む思いでエアの家を訪ねた彼は、「コンコン」と静かにドアをノックした。中から現れたエアは「よく来たね」と家に招き入れ、椅子に座るように促すと「何かあったのかい？」と優しく問いかけた。彼は、椅子にも座らず彼女の目を見据え「叔母様。貴女の子クマルビが創り出した怪物を倒さねば、この国は終わってしまいます。どうかお助けください」と、深々と頭を下げた。

ウルリクムミの噂は彼女の耳にも届いている。「このままでは……」との思いと「あの怪物を倒したら息子の命もない」との思いに揺れ動いたが、「ついて来なさい」と彼に言い家の裏側から続く坂道を登り小高い丘まで来ると、その傍にある洞穴へと彼を連れてゆく。

洞穴の入口は蔦が絡まり、長い間誰も来ていないことを容易に連想させた。

エアに続いて蔦を分け洞穴に入ると、ヒンヤリとした冷気が体を包み込む。更に、壁伝いに奥に進むと大きく細長い木箱を前に、一人の老剣士がいる。

彼は顔を上げて片膝を突き「お久しゅう御座います。エア様」と挨拶をし「私の役目も、ここまでのようですな」と言うと、一瞬揺らぎ蜃気楼のようにスーッと消えてゆく。魂になっても役目に殉ずる名もなき剣士に、彼女は「大変に御役目ご苦労であった。ゆっくり休まれよ」と労い、そして目を閉じて忍んだ。

テシュブに「箱を開けて御覧なさい」とすすめ彼が箱を開けてみると、今までに見たことも聞いたこともない奇妙な剣が白い布の上に収められている。その剣は炎を模したかのように刀身の至る所から刃が生え、まるで鋸かと思える程奇抜な形をしている。

エアは、静かに語り始めた。「これが昔アラルと私を切り離した剣。そして切り離したのはクマルビ。全ての元凶は其処から始まったの。今、縁あって貴方と巡り合ったのも運命でしょう。さあ、この剣を手に取り全ての禍根《かこん》を断ってきなさい」と。

彼は「はい。有難うございます。必ずやご期待に応えます」と返し箱を抱えエアと共に洞穴を出た。

「それでは、行って参ります」と挨拶し立ち去ろうとするテシュブに、「ちょっと待ちなさい」と呼び止めたエアは、「ウルリクムミの弱点は、足の腱です。そこを狙いなさい」と助言した。

彼は、頭を下げ感謝の意を表し急いで本陣に舞い戻ると、ウルリクムミ対策の軍議を行った。各自の任務内容・場所を明確にすると、明朝決戦の命を下す。

戦いの果て

ウルリクムミが動き出すと、一斉に鳥がバサバサと飛び立つ。それを合図に、右前方の岩場に隠れているタルフントたちが鎖を構え、左前方の森に潜んでいるシャウシュカたちは大量の油を用意している。

前方で待機しているアシュタビたちは分かれてウルリクムミが来るのを待ち、テシュブは谷間に潜んで機を覗う。

彼が歩く度に地面が激しく揺れ、木々が折れてゆく。目前に岩壁が現れると、シャウシュカたちは進行方向に大量の油を撒き、タルフントたちは鎖を掛け、アシュタビたちは鎖を引っ張り、体に付いて体勢を崩して足止めをする。

そこに谷間から飛び出したテシュブが、エアの剣で足の腱を断つ。体勢を崩したウルリクムミを、クマルビ本陣に向け倒してゆく。

「ドッドッカーン。バキバキバキ」虚を突かれたクマルビたちは倒れてくる彼の下敷きになり、クマルビ始め多くの兵士が圧死した。

残りの兵も、蜘蛛の子を散らしたように逃げ惑っている。

テシュブが倒れたウルリクムミを細々と切り刻んでゆくと、切り離した所から岩へと変化してゆき、長い因縁の争いもここに終結をみたのである。

王となった彼はお忍びでエアのもとを訪れ、「叔母様、テシュブです」と告げドアを叩いた。すると、見知らぬ若い女性がドアを開けた。「スミマセン。エア様は手が離せませぬ故、代わりに開けさせて頂きました。ヘバトと申します。どうぞ中にお入りになり、お寛ぎください」と言う。

彼女の誘いに「では、失礼する」と部屋に入った彼は、掃除が行き届き綺麗に整理された机・棚・床を見て、この女性がしたものかと思うと、彼女に興味が湧いてきた。

エアを呼びに奥に彼女が消えて暫くすると、奥から現れた叔母が彼を見て「いらっしゃい」と声を掛けた。

彼は「お邪魔しています。失礼ですが、あの女性は誰ですか？」と問うと、「知り合いのお嬢さんよ。何？　気になるの？」と逆に聞き返される。

彼は顔を赤らめ「そんなことはありませんが……」と答えると、彼の様子を観て「あの娘は、貴男にお似合いだと思うわよ」と言い、「一休みして、こちらに来て一緒に話しましょう」と彼女を誘う。

彼女が煎《い》れてくれたお茶をいただきながら、他愛もない会話をしている楽しさにすっかり長居をしてしまった彼は、「ご挨拶が遅れてしまいましたが、この剣と叔母様の助言のお陰で、戦に勝つことができました。有難う御座いました」と報告し剣をお返しすると、少し悲しげな顔をした叔母が口を開き「おめでとう。しかし、これだけは忘れないで。『恨みから創造は生まれない。恨みは怨みしか生まない』ということを」と告げた。

身を持ってそのことを体験した彼は、叔母の言葉を噛み締めながら「絶対に、忘れません」と答えると、「長居をしてしまいました。王宮の者も心配している頃でしょう。また伺います」と挨拶し、叔母の家を後にした。

帰り道、叔母の話は勿論彼女との会話も思い起こされどうしても忘れられない彼は、エアを通じてヘバトを后として迎い入れた。

エアの言う通り彼らの仲はよく、彼はヘバトとの間に銀髪の子シャルマ（嵐）を儲けた。テシュブが王になると国内も安定し、エンリルとの関係も改善していく。二人の王によりこの国の繁栄が始まろうとしていた。

その矢先、荒廃した田畑の復興に尽力していたテリピヌは、復興した傍から大勢に踏みつけられ終わりの見えない仕事に嫌気を抱くと、誰にも告げずに失踪する。

彼の居なくなった土地は作物や植物が枯れ始め、次第に、動物たちも痩せ衰え死に始める。その荒廃の光景を見た全てに、絶望感を抱かせた。

タルフントやアンジリを始め沢山の者が、彼の捜索を行ったが見つけることができない。困ったテシュブは、恥を忍んでハンナハンナの所へゆき、「テリピヌが消え、国民は困っています。本来であれば、貴女の御主人を殺した私がお会いする立場ではありませんが、大地の母である貴女なら、彼を探せるでしょう。是非お願いできませんか？」と、頭を下げ懇願する。

「顔を上げなさい」と言った彼女は、顔を上げたテシュブの頬を平手打ちし、「あー、スッキリした。主人の死は主人の行いが招いたもの。息子と娘が貴方に加勢したのも、小さい頃からの信頼に因るもの。しかし、この争いで家族を亡くしたのは、私だけではない。そして、家族を亡くした悲しみは消えることはない。貴男は、そのことを忘れてはならない」と言い、続けて「テリピヌを見つける方法は、一つあります」と一匹の蜂を呼び出し、蜂に向い命じる。

「テリピヌの香を追いなさい。そして、私に知らせなさい」と。

それを聞いたテシュブは、「心より感謝申し上げます。この御恩は一生忘れません」と一礼し、場を後にした。

ハンナハンナの命を受けた蜂は、彼の香を追い羽音を立てて探し回り草原に擬態する彼を発見すると、「彼を立ち上がらせよう」と彼の周りをブンブンと飛び回ったが、「何処か行け」と手で払われるばかり、不貞腐《ふてくさ》れている彼の態度に業を煮やした蜂は、彼の尻を針で刺した。

「イテー!!」と彼は飛び起きると、向かっ腹が立った彼は、川の流れを変え家々を押し流す。

蜂がハンナハンナの下に戻り状況を説明すると、「何てことをするの!!」と蜂を叱り、カムルセパの所に出かけ「蜂が、テリピヌを刺してしまったの。蜂に案内させるから、テリピヌの治療と心のケアを、お願いできないかしら」と頼むと、「何水臭いこと言ってんの。任せなさい」と彼女は答え、テキパキと支度を整え蜂と共に出かけてゆく。

彼の所に辿り着いたカムルセパは、痛むお尻の治療を済ませると、彼の話をジックリと聴いた上で癒しの魔法を掛けて落ち着かせると、アンジリのもとに届ける。

アンジリは「有難う。悪かったわね～。落ち着いたら、お母様にもご挨拶にゆくわ」とお礼を言うと、彼女は「大したことじゃないわよ。お大事に！」と帰って行く。

その後、回復したテリピヌは荒れた田畑の復興に力を尽くし、国に活力と豊穣を齎《もたら》せた。

未完の国

多産によってできたばかりの世界はまだ不完全で、しかも、戦さにより足りない物を更に増やしている。多くの神殿（家）・沢山の食物・大量の衣類・大規模な灌漑設備・田畑の整備等、早急な建設や生産に追われている。

実際に、建設や生産に携わっているのはより下位の者たちで、現状の急激な増加に対応しきれず、「数が足りない!!」「もっと作業する者をよこせ!!」「厳しすぎる!!」「何故、我々だけが背負うのか!!」など、不満が起きていた。

　宇宙空間にまで届くその心の声を聴いたナンムは、一族随一の知恵者であるエンキの夢に波のような音と共に現れると、「エンキ……。エンキよ。起きなさい。貴方にはあの者たちの声が聞こえないのですか？」と優しく問いかけた。

　夢現だったエンキの脳内に、「何で……」「どうして……」「もっと……」ステレオのようにその声は流れ込んで来る。息も荒く汗だくになり目覚めた。

　エンキの脳内に、更にナンムの声が響き渡る。

「エンキよ。もうお解りでしょう。貴方の知恵で、あの者たちを救いなさい。私は、エンリルへの説明をした後、貴方の手助けとして、誕生を司る七人の女性を遣わしましょう」と。

　エンキは上体を起しベットの縁に腰をかけ、自分を落ち着かせようと太ももを叩くと、腕組みし顔を天上に向けたまま、考えあぐねている。一筋の光が部屋に差し込んだ頃、カッと見開らかれた彼の目には、決意が漲っていた。

　その日は、雲一つなく晴れ渡っていた。ナンムのお告げ通りにエンキの家へ、ニニンマ・クジアナ・ニンマダ・ニンバラグ・ニンマグ・ニングナ・そしてニンフルサグの七人の女性たちが集まって来ると彼は語りだした。

「皆さん、集まってくれてありがとう。今、この世界は混乱している。この世界の創造に役割を与えられた沢山の神が生まれ、更に、其の神たちに子供ができ、今、衣・食・住にも事欠き、灌漑設備の運河建設も大きく遅れをとっている。そして其々に従事している神々の不満も、ナンムに届く程に鬱積《うっせき》している。

私は、ナンムからこの難題の解決をするようにと、託《ことづ》かった。様々思案した挙句、運河建設から出たハラリの泥（粘土）を利用し、神々の代わりに働く者（人間）を創ることを決めた。貴女たちは、ニンフルサグを責任者として人を創る手伝いをして欲しい。私は、全体の統括と管理をしよう」と。

早速、彼女たちは二人ずつ、堆積土《たいせきど》から良質な粘土を見つける者・それを掘り出す者・ニンフルサグの所まで運ぶ者の三組に分かれ、作業を開始した。

粘土が順調にニンフルサグの目の前に集まっていく。腕まくりをした彼女は、粘土をよく捏ねると神の姿を真似し、細かい部分まで繊細に像を造っていく。背の高い者低い者・太っている者・痩せている者・腕の長い者短い者等、一つとして同じ者はない。最後に彼女は、その像に優しくキスをして命を吹き込んでいく。

命を吹き込まれた像が光り輝くと、上部から血が通い始め肌に色が浮かび、目・口・首が動き始めると、次第に全身に広がっていく。裸で生まれた人は、一糸纏わぬ姿に恥ずかしくなると自分たちで麻の服や絹の服を作り、お腹が空いては食べ物を探すようになっていく。人々を集めたエンキは、ある者は建築業に、ある者は農業に、ある者は狩猟に、ある者は土木工事業に、ある者は被覆業に当たらせた。

世界がある程度潤ってきた頃、エンキたちは「よくやってくれた!!」「有難う、本当に有難う!!」「キャー、エンキ様!!」など、様々な感謝の声や羨望《せんぼう》の眼差しを贈られていた。エンキは、ニンフルサグたち七人を集めると、シドゥリ（酒・酒場）の店で日頃の労《ねぎら》った。

目の前に、山・海・畑の目にも鮮やかな肉や魚の料理が並び、エンキは「今日は、いつも頑張って頂いている皆さんに、僅かばかりの感謝を形にしました。大いに食べて飲んで楽しんでください」と挨拶をすると、「硬い挨拶は、抜き抜き」と、女性のほうもリラックスしているようだった。

しかし、一番ビックリしたのは、シドゥリの酒だ。酸味と甘味が素晴らしく、口に含むと香りが鼻に抜け、喉越しがスッキリで、いくらでも飲めるように感じた。女性たちも口々に「美味しい」「飲みやすい〜」「フルーティー!!」などと、絶賛している。

楽しく会が進むにつれ、言葉通り大いに飲んでしまった女性が一人いる。ニンフルサグだ。彼女は、余りの酒の美味しさについ飲み過ぎてしまい、悪酔いして目が座り始めいつもの妖艶な雰囲気が消えたかと思うと、エンキを挑発している。

「人間の体はよいか悪いかのどちらかであり、運命をよくするか悪くするかは、私の意志次第です」

それについてエンキは、「それでは、私は貴方が偶然に決めた良し悪しの、運命の釣り合いをとることにしよう」と答えた。

その後も彼女の気持ちは収まらず、白熱して食って掛かっている。もう少しでシドゥリの店を出禁になるところだった。

翌日、二日酔いで頭が痛い彼女に、他の女性たちは、「昨日、酷かったよ」「体調はどう?」と声を掛けた。段々と思い出した彼女は、「アチャー」と頭を押さえ、顔から火が出る思いだった。

気を取り戻した彼女は、エンキに挑戦すべく人間を創り始めた。

最初に、伸ばした腕が曲がらない人を創った。それを見たエンキは、彼を王の伝令係に任じた。

次に、常に目を閉じている人と常に目を開けている人を創った。エンキは彼らに音楽と芸術を割り当て、彼らを長に任じた。

三番目に、脚が折れ麻痺している人を創った。エンキは彼に、銀細工師の仕事を任じた。

四番目に、馬鹿な人を創った。エンキは彼を王に仕えさせることにした。王は彼を重宝がり常に自分の傍に仕えさせた。

五番目に、尿が抑えられない人を創った。エンキは彼を魔法の水に浸し、ナムタル悪魔を体から追い出し完治させ、農業に従事させた。

六番目に、出産できない女を創った。エンキは彼女を女王の世話人として任命した。

七番目に、ペニスも膣もない人を創った。エンキは彼らに「ニップルの宦官」の職を与え王の身の回りの世話をさせた。

ニンフルサグは、エンキの知恵の深さに感嘆すると、手から粘土が床に転がり落ちた。彼は静かに彼女に語る。「私は、彼らにその日生活するパンを与えた。人は、身体のみで運命が決められる者ではない。悪戯《いたずら》に人間を創ってはいけない」と。

お互いを深く理解した彼らは、付き合った後に結婚した。もしかしたら、そこまでがナンムの計らいだったのかもしれない。

イナラは国内が安定しだすと天空に戻り、あの奇妙な家でフシパヤと暮らし始める。二人の間では、「夫はこの部屋から出てはいけない」という不思議な約束があった。

ある日、父に会うために彼女が家を空けると、退屈で死にそうな彼は外に出たくなり玄関を開けた。部屋から見ることができない広々とした一面の雲に気をよくした彼は、「やっぱり、出ても何にも起きねーじゃん」と安堵し、半人半神の能力をもっと知りたくなった彼は、風を起こしてはそこら中の雲を千切っては投げ投げては丸め、退屈を凌いだ。

更に力を強めると、雲の一部がボコッと取れて下界が見渡せる穴が開いた。その穴から久しぶりに下界を覗いた彼の目に、人間だった頃の家が飛び込んでくる。

妻と子供の顔が見えると無性に会いたくなった彼は、「ちょっと位大丈夫だろう。バレはしない」と下界に降りようとする。

すると背中越しに「何処に行こうとしてるの？」と聞きなれた声が飛んでくる。「ギクッ」として振り返った彼が見た彼女は、冷ややかな雰囲気に悲しげな流し目を送り半身で立っている。「ゴメン」と言う彼に「約束だったよね」と返すイナラは、そのまま右手を伸ばし彼の力を吸い取った。

人間に戻ったフシパヤは、雲を突き抜け下界に落ちてゆく。「あの壁もこの約束も、彼女の優しさだったのか。ああ、そうとも知らず落ちてゆく。これも妻子を裏切った俺の運命か」と観念した彼は、地面と打《ぶ》つかり死んだ。

国王との出会い

大地へ大麦を撒き増やそうとするヌンバルシェグヌだが、土がまだ育ちきらず中々上手く育たない。懸命に働く彼女の姿を見たハヤは、彼女の力になろうと、共に土壌の創造に取り組み始めた。元々、農業のスキルは余りない彼だが、必死に取り組む姿に、彼女も自然と惹かれていった。二人が恋に落ち夫婦になると、ディルムンという町に住みヌンバルシェグヌは可愛い女の子を授かった。名をスド（穀物）という。

小麦の穂が風にそよぎ金色に輝くように、見目麗しく成長したスドは、向こう見ずで余りにも無防備な娘になっていた。そのことを案じた母は、彼女に「けして、ヌンビルドゥ川で水遊びをしないように。エンリルが貴女に目を付けてしまう」と忠告した。「はーい」と生返事をした彼女は母の忠告を無視し、そのまま川に水遊びに行きはしゃぎ始める。

風を身に纏い空を泳ぐエンリルは、上空からはしゃぐ様子を眺めていた。水遊びに夢中になっている彼女のことが、気になって仕方がない。彼は、身を包む風を解いて脚を人型に変えると彼女に近づき、「何してるの？」と声を掛けた。彼女は、「水が冷たくて気持ちいいよ。お兄さんもやってみたら？」と答え、エンリルを誘った。

二人で水を掛け合い、コロコロと笑う彼女に更に惹かれた彼は、「この先に杉の森があり、その中に花の香が漂う場所がある。観に行こう」と彼女を誘うと、好奇心旺盛なスドは「うん、行ってみたい」と答える。

二人が杉の香に包まれた森に着くと光が柱の如く降り注ぐ中に、艶《あで》やかな花たちが夫々に美を競い合っている。打ち解けてきたのを感じて彼女を花園へ押し倒すと、フワリと花たちが包み込んだ。「えっ」と思った彼女の顔のすぐ横には、エンリルの顔がある。恥ずかしがる彼女は、動けないでいる。心地よい香りの中、半ば強引に関係を持ってしまった。

そして、エンリルは自分の身を明かし、彼女にこう告げる。「貴女は、いずれ女王となる。それに相応しい名を贈ろう。今日からニンリル（出産の女王）と名乗るとよい」と。

帰って来た娘の異変を感じた母は状況を察し、「だから、言ったでしょう!!」と娘を叱りながら髪に着いた花びらをとり、風呂を沸かし入らせ着替えさせると、ぎゅっと娘を抱きしめ頭を撫でている。ずっと語り掛けている母の腕の中でスーッと娘が寝入った顔を見たヌンバルシェグヌは、エンリルに腹が立って仕方がない。

エンキの下に赴《おもむ》いた彼女は、扉をドンドンと叩いている。真夜中に扉を開けたエンキが、いつも常識的で理知的な彼女が、髪を振り乱し感情的になっている姿を見るや、只事ではないと感じて家に招き入れた。

テーブル上にあるランプの灯りが、薄暗く部屋を映し出している。そのランプの横には、一冊の本が開かれた状態で置かれている。彼は、本を閉じ彼女を椅子に座らせると、一杯のお茶を彼女に差し出した。

お茶を口にしてやっと落ち着きを取り戻した彼女は、エンリルの悪行を訥々《とつとつ》と訴え、「貴方の知恵を借りたいのです」と懇願した。

話を聞いたエンキは兄の非礼を詫びた上で、「話は解った。悪いようにはしない。私に任せて欲しい」と言い、更に、「夜中は危ない。家まで送ろう」と言葉を継いだ。

彼女は、「有難うございます。しかし、真夜中に押し掛けたのは私です。それは申し訳ありません」と丁寧に断り、家に帰って行った。

その後、思案を巡らせた彼は、最高神を裁く者や構造がない状況では、合議による公開裁判を開催するしかないとの結論に至り、公正な判断ができる者たちを密かに集め、公聴会と公開裁判の準備を整え終わると、兄の下に出向いた。

何も知らないエンリルは、久しぶりに訪れた弟を歓待し人の創造の偉業を称えると、来訪の趣《おもむき》を伺った。

エンキは兄への挨拶を済ませると、率直に話を切り出した。

「兄さん、まだ世見も知らないスドにした兄さんの所業は、広く伝わってしまっている。このまま、何もなかったとすることもできない。一族の維持繁栄のためには、全員への説明及び処罰も必要になってくる。兄さん。公聴会及び公開裁判を準備しました。御出席くださいますよう」と。

エンリルは、ワナワナとテーブルのクロスを掴むと、溜飲《りゅういん》が溢れそうになるのを必死に堪《こら》え、口惜しそうな表情をしながら、「解った」と一言答えた。

その日、エンリルは「自分の性分は風である。風は花粉を舞い上げ、新しい命の創造をするものだ」と主張し、「天地を割りこの世界を創ったのは、我である」と今に至るまでの実績を述べてから、「非があったにせよ許されるように」と、訴えた。

常識のある者たちの意見は大きく二分した。「厳しすぎるのでは……」という意見もあったが、僅差で冥界への追放が決定された。エンリルは納得できず反発したが、全員の総意には勝てず、警護付きで冥界まで送られた。

冥界への旅

これでよかったと思った矢先、ニンリルのお腹には新しい命が宿っている。ニンリルは、「このままでは我が子シン（月・運命）は、冥界に連れていかれてしまう」と、冥界までエンリルを追いかけて行く（それは、冥界のルールの一つに、一度冥界に足を踏み込んだ者が生き返るには、この世の者を身代わりに冥界に送らなければならないことを、彼女は知っていたからだ）。

エンリルの生き返りを望む彼女は、私の命など、差し出してもかまわない。彼女は、自分に言い聞かすように呟いた。「この子の命だけは、守らなければ……」

長い旅路の末、冥界の厚い鉄門に辿り着いたニンリルに、一陣の風が吹き抜けてゆく。気付くと槍を携え防具に身を固めた門番が現れ、「お嬢さん、何の用だい？　ここは、お前さんのような生きている者が来る所ではない。さっさと帰れ!!」と追っ払われる。

彼女は、「私はニンリルと申します。幾らか前に、エンリル様が来られたはず。私の夫なのです。私は、エンリルようにお会いするために、地上から長旅をして参りました。是非、夫に合わせてください」と食い下がった。

「ああ、エンリルか。奴の名は、冥界に住む俺でも知っている。俺は門番だからなあ。そんなに会いたければ、その門を通らせてやってもいい。だが、ただでは通せない。俺の子を産んでくれるのなら、ここを通そう」

ニンリルは、防具でよく顔も見えない門番に暫し迷ったが、エンリルに会いたい一心で「解りました」と答え、シンを宿している状態で、岩壁をスルスルと降りてきた彼と関係を持つと、奇跡が起きる。忽ち《たちま》お腹が大きくなり、漆黒の髪に漆黒の光を通さない目、美形ではあるが傲慢不遜《ごうまんふそん》な顔立ちをし、体の至る所に黒線の刺青が入ったネルガル（疫病・戦い）が生まれた。

門番は赤子を抱え嬉しがると、スルスルと滑るように岩肌を登ると中から閂《かん》を抜き《ぬ》、約束通り重い扉を開いた。

冥界の、薄暗く湿っぽい洞窟に足を踏み入れた彼女は、怖さを抱えながら先を急いだ。暫く進むと、前方の洞窟の出口に明かりが見える。長い洞窟を抜けると思うと、自然と歩が進む。出口に着きその先に目線を向けると、目前に広がる何処までも続いているような草原が、彼女を迎え入れた。彼女の瞳にキラキラと光が表れると、頬に赤みが増してゆく。

草原には心地よい風が吹き、まるで呼ばれているかのように草は靡いている。草原を吹き抜ける風が、彼女の背中を後押しするかのようだ。

脚は軽く感じられ、歩みは更に速くなる。大分歩いただろうか。草原を抜けようかと思われる場所まで来ると、景色が大きく変わってきた。

段々ハッキリと見えてくる光景は、彼女の心を優しく包むと、込み上げてくる嬉しさに彼女は自然と涙した。光の中、赤・青・黄・白様々で名も知らぬ見たこともない花たちが、綺麗に咲き誇り匂い立つ情景は、あの日彼が連れて行った花園を思い出させる。彼に逢いたい気持ちが、頬を伝い溢れ出したのだ。彼女は、彼との想い出に浸りながら花園に横たわり、僅かばかりの休息をとった。

花に囲まれながら視線を移すと、遥か彼方に白っぽく輝いている丘が見える。気になり目を凝らして眺めた彼女は、それが岩のようだと感じ、「あそこまで行ってみよう」と歩み始めた。暫く続く花園に、後ろ髪を引かれるような気持ちだったが、「違うでしょ。思い出に浸っている場合じゃない。私は、必ず彼に逢うんだ」と決心すると、心持ちも新たに出発する。

歩みを進めた彼女の目の前には、触ったら切れそうな石英やクリスタルのように光る石が、至る所に広がる丘が現れた。お互いに光を集め光が乱れ飛んでいる中を、目も眩みそうになりながら硬く歩きにくい大地を踏みしめて登った彼女に、信じられない風景が与えられる。

どんよりと黒く棚引いた雲が光を遮り、光る丘を登ってきた反動なのか、全てがモノトーンのように見える。奥に流れる海のように見える川の、微妙な水面の揺れが、僅かに光を反射している。黒く光る石と灰色の砂に覆われた川辺に恐いながらゆっくりと降りて行くと、まるで夜明けの前のように辺りが静まり返っている。

聞こえるのは、流れる水の音だけ……。だんだん目が慣れてくると、周囲に何があるのかわかるようになってきた。

いきなり「ジャリッ」とする音に、「ビクッ」とする彼女が音のするほうを見ると、破れたボロの布を被りまるで隠者のような出で立ちの男がすぐ側を一人歩いて来る。今更隠れる訳にもいかない彼女は、怖いと思いながらも何もなかったかのように、その場に立ち止まっている。

その男が目の前に現れ「こんな所で、何をしている。ここの河底には怪物がおって、現世の罪の重さで河を泳ぎ切れずに沈んだ罪人を喰ってしまうんじゃよ。だから『人喰い河』と言って、皆、恐れている。そんな所まで、何しにきたんじゃ」と話しかける。

彼女は「私は、ニンリルと申します。以前に、エンリル様がこちらに来られたと思います。何処に居られるかお知りになりませんか？」と尋ねると、「おお。エンリル。知っとる、しっとる。あやつならこの河を渡った先におる。じゃが、若すぎて体力がないお前さんには、無理じゃろー。儂の望みを聞いてくれたら、この河の特別な渡り方を教えてやろう」という。

彼女は「あなたの望みは何ですか？」と問うと、男は答えて「儂は、何十年もこの河に一人でいる。もう一人で河辺を歩くことにも疲れてしまった。できたら儂の子を産んでくれんかのう？」と。

「……」空白の間が続いた。

しかし、この先に彼がいるかと思うと、ここで立ち止まっていられないと考えた彼女は、空白を割って「解りました」と答え、河原の端にある平らな大岩まで歩くと、男の求めに応じて関係を持った。

すぐさまプクーッとお腹が大きくなると、紺と灰色の混じり合う長髪に僅かに光が浮かぶ黒目、その顔には理性が漂い体格にも恵まれたニンアズ（医術・農耕）が生まれた。

ニンアズを抱き上げ、男は彼女に礼を言い終えて、「この河原を下流へ下ると、船着き場がある。そこに数人しか乗ることができない舟を操る腕のよい船頭がいる。彼ならば、貴女を対岸へ運んでくれるだろう」と教えると、ニンアズと共に風の如くスッと姿を消した。

彼女は教えられた通りに、水の流れに従い下流へ歩き始める。目が慣れてきたからといっても、砂と小石の多い歩きにくい河原を、どの位歩き続けただろう。「足が痛い……」船着き場を探し歩く彼女の前に、桟橋が長い簡素な丸太作りの船着き場が現れた。

彼女が近くの岩に靴を脱いで腰を下ろし、今までの疲労が溜まった脹脛《ふくらはぎ》を揉んでいると、河を渡る舟の櫓《ろ》を漕《こ》ぐ音が、風に乗って聞こえてくる。慌てて立ち上がった彼女が、音のするほうに注意を傾けると、一艘の木組みの舟が音も立てずに船着き場に入って来た。

「（河原の男が言ったのは）あの男に違いない」と、桟橋を渡り「あの〜」と声を掛けると、草で編まれている笠から唯一見えた口が、「お嬢さん、どうしたんだい。彼方の岸まで渡るんかい？」と尋ねてきた。

その男の全身は蓑のような衣に隠されて、ハッキリと確認できない。

彼女は、「私は、ニンリルと申します。河原の男性から貴方のことを聞き、向こう岸に居られるエンリル様のもとへ届けていただきたいのです」とお願いする。船頭は「ほう、河原の男を知っているのか。いつもは金をいただくんだが、まあ……いいだろ。それじゃー、渡してやってもいいぞ」と彼女を舟に乗せた。

ゆっくりと船着き場を離れた舟は、鈍く光る暗い河に漕ぎ出してゆく。耳に届くのは、櫓声と水の跳ねる音だけ。静寂は、死の国にいることをより実感させた。舟が河の真ん中を過ぎた頃、船頭が水の淀みに舟を入れると、流れてきた木の葉が淀みに漂うように、その場に留まっている。

「あー、填《は》まり込んだー。こりゃ大変だー!!」と騒ぐ船頭に、舟の縁を掴みバランスをとるニンリル。余りの猿芝居に彼女は「貴方の狙いはなんですか？」と問うと、「バレちゃ仕様がない。この先に行きたかったら、俺の願いを聞いてくれないか？」と切り出す船頭。

彼女は「貴方の願いとは？」と聞くと、「俺は渡し守として役割を果たしているが、世界が生まれたばかりで、死人も少なく更に善人の数は皆無に近い。彼女を持ったこともなく妻を持ったこともない。ましてや、子供を得たこともない。我が子を抱いてみたいのだ」と言う。

彼女は「う〜ん。何処かで聞いたな〜（冥界では、これがトレンドなの？）」と思ったが、ここで降ろされても困るし、この河の先にエンリルが居ると思うと、「いいよ」と答えた。

水に揺れる舟に横たわり、彼の願いを受け入れると、その刹那風船のようにお腹が膨れて、黒に銀の混じり合う長髪に見つめられると心を揺さぶられる目を持ち、律儀そうな雰囲気のエンビルル（祭祀長・運河監視管）が生まれた。船頭は大喜びで、櫓の操作で淀みから抜け出ると、舳先《へさき》を対岸へ向けた。

対岸の船着き場が見え始めると、舟の姿勢を整えながら徐々に速力を落としてゆく。

桟橋に寄せ水面をスーと横滑りしたかと思うと、舟を停める。彼女が下りようと桟橋に手を伸ばした背後で「お嬢ちゃん、彼に会（逢）えるといいな。頑張れよ」と声がし、「えっ？」と振り向いた彼女の瞳に映し出されたのは、静かに揺れる空の舟だけだった。

風が優しく頬を撫でていく。桟橋に立ち暗い海を眺めた彼女は、海を背にクルリと振り向くと、歩み始めた。辺りは、薄暗がりに霧が立ち込め、所々、濃淡の違いを見せている。

どのくらい歩いたのだろう。目を凝らし慎重に歩を進める彼女の前に、霧に浮かぶ黒い人影が現れる。その影が彼女に近づく度、道を譲るかのように霧が分かれてゆく。その影が誰か解ると、彼女の頬は紅潮し目に涙を浮かべて駆け出すと、彼の胸元に抱きついた。

「エンリル、エンリル」と何度も名を呼びながら、大粒の涙が零れ地面を濡らしている。エンリルは、ニンリルを包み込むように抱きしめながら「ニンリル、我が妻ニンリルよ。私は嬉しい。冥界に囚われている私は、二度と君に逢えないと思っていた。それが、こうして逢うことができた。これ以上の喜びがあるだろうか。寂しい想いをさせたな」と耳元に囁《ささや》いた。

二人の熱い抱擁に、霧も二人を取り囲むとやがて球状になって姿を包み込んでいる。まるで、それは白いカーテンに仕切られている部屋の様で、二人はキスを交わしている。

突然、二人を制止するかのように、空間にキ（冥界の女王）の怒号が響いた。「エンリル、何をしているのです⁉　貴方に冥界の仕事を頼みましたが、遊び惚《ほう》けていて仕事になりません。貴方が『門番』『河原の男』『船頭』に化けて儲けた赤子は、私に預けなさい。きっと貴方の代わりに冥界を背負い立つ子に育つでしょう。私は忘れていました。貴方の性分が風であることを……。その娘と一緒に、地上へ戻りなさい!!」と。

全てを察したニンリルは彼の腕に抱かれながら、自分の片腕をそっと解くと抱きしめる彼の腕を思い切り抓《つね》った。「イデデデデ」と痛がる彼に、「お返し」と言った彼女の顔は嬉しそうだ（エンリルの行いは、自分を含め地上に戻るための謀なのかは、彼にしか解らない）。冥界から戻ったエンリルを一部の者は嫌ったが、大半の者は「よく戻られた」「ご無事で何より」と受け入れ、そして、王に戻ってもらいたいと希求する。

皆の声に押されたエンリルが王になると「皆の者、我はエンリル、我は王なり。先日、妻ニンリルは、偉大な子シンを生んだ。夜、皆を見守り、運命を定める子である。ニンリルは、母にして女王である。我、父母を分けて天地を生みこの世界を創り、その創造は、今後も続く。我らの世界の繁栄のために!!」と宣言すると、民は口々に「ウォー!!」と叫び「エンリルー!!」と名を呼び、「我らの王、万歳!!」と賛辞を贈った。

恋と愛

大きく育ったシンは、細身で物静かな雰囲気を漂わせる好青年で、動植物の運命も司るようになり、天空で父は昼を彼は夜を守護・創造している。

ある夜、彼はいつも通り闇夜に乗じて悪事を働く者に光を当てて暴き出し、その者の運命を定めた後、三日月に座り下界をぼんやりと眺めていた。湖畔に目をやると、キラキラと光る水辺にスラーっとした美しい女性が見える。

その女性は金の装飾が付いた緑のオリエンタル衣装（金の飾りが付いたブラトップに腰に金の飾りが付いたスリットの入ったレイヤードスカート）に身を包み、足元に緑のサブリナシューズのような靴を履き、頭にススキの穂のような飾りを着けている。

水辺で揺らぐその姿は、静かにダンスを楽しんでいるように見えた。

すっかり目が離せなくなった彼は彼女の傍に降りてゆき、「今晩は、私はシンと申します。上空より貴女のダンスを楽しんで姿を拝見し、余りの美しさに降りて来てしまいました。貴女のお名前をお伺いしても宜しいでしょうか？」と話しかけた。

急に現れた男にビックリした彼女だったが、「私は、ニンガル（葦）と申します」と答えた。

彼女との会話に花が咲き夜も明けようかとした頃、シンは「名残惜しいですが、私は行かなくてはなりません。それでは、さようなら」と挨拶をしてその場を去ったが、天に帰っても彼はずっと彼女のことを考えている。

息子の呆けている姿を見たエンリルは、「ははーん、恋だな」とすぐ解ったが、暫く様子を観ようとそっとしておいた。

だが彼は、毎夜彼女のもとに出向き話をすると朝方帰って来るようになり、彼の役割を果たさなくなっていく。痺れを切らせたエンリルは息子を呼び出し、「職務怠慢だ（お前が言うな）お前、いつまでグズってんだ。男ならガツンと噛ましてこい」と、力付けた。

背中を押されたシンは、「今夜こそ彼女に言おう」と心に決め、彼女の所へ出かけた。

決心して来ているのに、口から心臓が飛び出る位「ドキドキ」が止まらない。いつもの会話が進んでいく。やっと躍る心臓を「グッ」と抑えて話し出したのは、白み始めている頃だった。

「あの〜、どうしても貴女に伝えたいことがあります。初めて貴女に会ってから大分経ちましたが、僕は貴女のことが好きです」と。彼には辺りの音が聞こえなくなり、自分の心臓の音だけがやけに大きく聞こえる。その心音の隙間から彼女の声が聞こえた。

「よい方だとは思いますけど、御免なさい」と。居《い》た堪《たま》れなくなった彼は、「ゴメン、気にしないで」と言い残し天に戻った。

白く燃え尽きて灰のようになっている彼を見たエンリルは、「駄目だったか……」と、知らぬ振りをしてそっとしておいた。だが、さっきまで死んでいた彼が息を吹き返すと、その瞳には炎が宿っている。「想いが届かなくてもいい。彼女のために行動しよう」と。

まず彼は、毎日彼女と会い話す以外に、彼女が生活しやすいように土地の改良から行う。彼女の仲間であるイネ科の植物を植えて、更に増やしていく。月の明かりに照らされた稲は、黄金の輝きを放っている。それが済むと、次に彼は、彼女の仲間が増えやすいように、森には鹿を川には魚をプレゼントし、食物連鎖を造り肥沃《ひよく》な大地を創造した。

彼の誠実さと熱意に根負けしたニンガルは、「ボボボボクと結婚してくれませんか？」という相変わらず冴えない彼のプロポーズを受け入れると、ウルに家を建て生活を始める。

仲のよいシン・ニンガル夫妻の間に、命ある物に愛と裁きを与える存在として、シャマシュ（太陽・正義・裁き）・エレシュキガル（闇・死）・イシュタル（愛・生・豊穣・戦い）の三兄妹が生まれた。長男シャマシュは赤髪で、背中に三対の黄金に輝く羽を持つ青年、万物に活力と生命の力を与える。

姉のエレシュキガルは、漆黒の長髪に切れ長の悲しい瞳を宿した少女で、見つめた者の命を奪った。

妹のイシュタルは、亜麻色の髪に甘く誘い込むような瞳、我が儘《まま》を絵に書いたような美少女だが、大剣を振り回すような武勇も兼ね備えている。

世界を構成する神々が誕生すると、沢山の人間の働きもあり、環境が創られ数も増えていく。天地を分けたイルは天空に居り、眼下に広がる大地と海を眺めていた。すると海から一人の女性が、銀の刺繍で彩られた青いドレスのような衣装を纏い現れる。

彼女の持つ羽衣のようなベールは、光を乱反射させる水の如く煌く。切れ長の目は青く透き通り、肌は玉のように白い耀きを放つ。腰まで伸びる銀の長髪は、水のように滑らかだ。耳と首元に波を模《かたど》ったようなアクセサリーを着け音もなく海の上を歩くその姿は、まるで夢でも見ているようだ。彼女の名はアシェラト（母性・豊穣）という。

更に、大地に目を向けると、金の刺繍が施された緑のドレスのような衣服を纏った女性が現れた。彼女の瞳は慈愛を宿し、肌は瑞々《みずみず》しく透き通っている。背中まで伸びた靭《しなやか》なブロンドの長髪は、太陽の光に輝く大地の豊かさの象徴だ。ダイヤの耳飾りをし、頭に銀の蔓を模したような飾りをしている。そして、生きとし生ける者に愛を与えた。彼女の名前をアスタルト（愛・豊穣・戦い）という。

イルが天空から海と陸の間に立つと、彼女たちは彼の元までやって来る。そして「大地を分け、我々を生んで頂き有難う御座います」と声を揃えて挨拶をし、「我々も、貴男と共に創造のお手伝いをさせて頂きます」と、言葉を継いだ。

イルはアシェラトを第一夫人アスタルトを第二夫人として妻に迎え、彼らは共々にこの地の創造に着手してゆく（これが今のイラク・トルコ・シリヤ地域の基となっていく）。

この低い空に生まれた美しく輝く女性ミトラ（太陽・契約）は、空から光を地上に与えていた。そこへ、いきなり上空より争いながら現れたアフラ・マズダとアングラ・マイニュに驚き、地下世界（冥界）へ逃げ入るように身を隠す。

そして、後々彼女は冥界の審判を任せられることになる。空はアフラ・マズダにより更に高くなり、陽はより多くの光を大地に降り注ぐ。この地は此の後、彼ら兄弟により発展してゆく(これが旧ペルシャ地域（(現イラン・クウェート・パキスタン・アフガニスタン・タジキスタン・トルクメニスタン・ウズベキスタン・キルギス等)）の基となっていく)。

世界の誕生

完全に天地が分かれたが、至る所がまだ低い空を抱えている。特に北極や南極に近づく程空は低く、雲は垂れ込め太陽の陽を通さない。

しかし、各地に生まれた太陽に照らされると、段々と厚い氷が溶け大地が現れ始めた。善神たちと共に来た動植物たちも恐る恐る地表に顔を覗かせ、少しずつ地表に出て来ている。

「ふうー、難儀なこっちゃのー」「やっと落ち着いたな」「寒むー」と、各々様々なことを言いながら動物たちと共に地表に現れた彼らは、抱き合い再会を誓って別れの挨拶を交わす。

そして、ブラフマーを始め善神たちは此処（現インド）に残り、アトゥムらは西（現エジプト）へ、エウリュノメ・ルオンノタルたちは北西（現ギリシャ・ノルウェー）へ旅立ってゆく。

その様子を見たヤハウェは光と共に大地に降り立ち、「その乾いた地を陸・水の集まった所を海」と名付け、更に「地は青草と、種を持つ草と、種類に従って種のある実を結ぶ果樹とを地の上に生えさせ

よ」と地に命じ、その変わってゆく様子を見て「よし！」とすると、スッと浮き上がり天へ光の如く消えてゆく。

彼の飛び去った後、ニュクス（夜）は音もなくその黒いベールで包み込み、暗闇にはエレボスが潜んでいる。

大地を月の明かりが照らし出すと、音もなく天空には色取りどりの星が瞬《またた》いていた。

（第一巻　誕生編　完）

おわりに

読んでいたき、本当に有難う御座います。

拙《つたな》い文章で、読みにくい部分も多々あったかもしれません。

始めに書かせていただいた通り、「楽しんで」貰えたでしょうか？

もし少しでも「楽しんで」貰えたのであれば、筆者冥利に尽きます。


今回は、神聞～桜の木の下で～（誕生編）をお届けしたのですが、お一人おひとり感想や気に入ったシーンをお持ちではないかと思います。それでいいんです。又、それがいいんです。皆同じ感想やシーンだったら、怖いでしょう？

今回は、春に力強く草木が芽吹くが如く、宇宙や地球が誕生する姿を描かせていただきました。文芸とよく言われますが、書いてみて正に文による芸術（絵画）なのだとつくづく実感し、嬉しくもあり怖くもありました（今は、こうして作品として産声を届けられることに、感無量です）。

今回も、一つひとつ命を懸ける想いで書かせていただきましたが、次回作、神聞～桜の木の下で～（派生編（仮））を只今執筆中です。

読みたいと思ってくれた本の前の貴方にお願いです。頑張りますので、気長に待っていただけると助かります。中途半端な作品を、私は書きたくもないし貴方も読みたくはないでしょう？

また、一つひとつ命を懸ける想いで書かせていただきます。是非とも応援いただけますよう、切にお願い申し上げます。

小田切　日方

御紹介（HP・SNS等）

本作の出版にあたり少しでも楽しんでもらいたいと思い、HP（ホームページ）やSNS（ソーシャルネットワーキングサービス）を立ち上げました。又、より詳しく私や作品のことを知っていただける場所・皆さんとの交流の広場としてつくらせていただきました。

「気軽に観て頂ければなあ～」と、思っています。しかし、一つだけ条件があります。それは、先程も書きましたが全員が楽しめる場所ということで、「心ない書き込みや相手を侮辱する様な批判等の迷惑はNG」です。

目標は、インターネット上のディズニーランドという所でしょうか。

とにかく「楽しんでもらいたい!!」というのが、私の願いです。

小田切　日方

○HP

URL　https://shinmon-land.com

○SNS

URL https://x.com/shinmon_station

SNS/HP制作：佐伯 悠六

著者略歴

小田切　日方（おたぎり　ひなた）

1972年 長野県長野市に生まれる。家族は父・母・私・弟の四人家族で、保育園から～中学校まで小田切（地元）の学校に通い、全校生徒や先生の名前を今でも全部言える位の少人数に学ぶ。高校は市内の高校に通い、いきなり全校生徒1200名のカルチャーショックを受ける。大学は岩手県滝沢村に行き小学校の先生を目指すが中退。現在、家族は私・妻・長女・長男・次女の5名にペットのうさぎ（ゴマ君5か月）一羽で生活中。会社員をしつつ執筆活動をしている。
ペンネームは地元の地域名から付ける。神聞～桜の木の下で～（誕生編）が処女作。地元のためになればと、消防団員を24年程している。趣味は、ネットサーフィン、アニメ、映画、ゲーム（桃太郎電鉄）、カラオケ、ドライブなど。

イラストレーター：波留川はる（はるかわはる）

神聞《SHINMON》～桜の木の下で～　誕生編

2024年9月25日　初版発行

著　者　小田切　日方　© Hinata Odagiri

発行人　森　　忠順

発行所　株式会社 セルバ出版
〒113-0034
東京都文京区湯島1丁目12番6号 高関ビル5B
☎03（5812）1178　　FAX 03（5812）1188
https://seluba.co.jp/

発　売　株式会社 三省堂書店／創英社
〒101-0051
東京都千代田区神田神保町1丁目1番地
☎03（3291）2295　　FAX 03（3292）7687

印刷・製本　株式会社 丸井工文社

Printed in JAPAN
ISBN978-4-86367-918-4